O MÉDICO
e o
MONSTRO

Copyright © 2025
Maquinaria Sankto Editora e
Distribuidora LTDA.

Todos os direitos desta publicação reservados à Maquinaria Sankto Editora e Distribuidora LTDA. Este livro segue o Novo Acordo Ortográfico de 1990.

É vedada a reprodução total ou parcial desta obra sem a prévia autorização, salvo como referência de pesquisa ou citação acompanhada da respectiva indicação. A violação dos direitos autorais é crime estabelecido na Lei n.9.610/98 e punido pelo artigo 194 do Código Penal.

Este texto é de responsabilidade do autor e não reflete necessariamente a opinião da Maquinaria Sankto Editora e Distribuidora LTDA.

Diretora-executiva
Renata Sturm

Diretor Financeiro
Guther Faggion

Diretor Comercial
Nilson Roberto da Silva

Administração
Alberto Balbino

Editor
Pedro Aranha

Preparação
Beatriz Góes

Revisão
João Lucas Z. Kosce

Direção de Arte
Rafael Bersi

Marketing e Comunicação
Matheus da Costa, Bianca Oliveira

DADOS INTERNACIONAIS DE CATALOGAÇÃO NA PUBLICAÇÃO (CIP)
ANGÉLICA ILACQUA – CRB-8/7057

Stevenson, Robert Louis, 1850-1894
    O médico e o monstro / Robert Louis Stevenson. -- São Paulo : Maquinaria Sankto Editora e Distribuidora Ltda, 2025.
    128 p.
Inclui o conto Markhein e ensaio de H.P. Lovecraft
ISBN 978-85-94484-71-0
1. Ficção escocesa I. Título
25-1333   CDD 813

ÍNDICE PARA CATÁLOGO SISTEMÁTICO:
1. Ficção escocesa

Rua Pedro de Toledo, 129 – Sala 104
Vila Clementino – São Paulo – SP, CEP: 04039-030
www.mqnr.com.br/versia

ROBERT LOUIS STEVENSON

O MÉDICO
e o
MONSTRO

INCLUI *o* CONTO
MARKHEIM *e* ENSAIO *de*
H.P. LOVECRAFT

TRADUÇÃO POR LAURA FOLGUEIRA

versia

HISTÓRIA DA PORTA

Sr. Utterson, advogado, era um homem de semblante severo, nunca iluminado por um sorriso; frio, contido e envergonhado no falar; relutante no sentir; alto, magro, maçante, melancólico e, ainda assim, de alguma forma, amável. Em encontros amigáveis, e quando o vinho era de seu gosto, algo genuinamente humano brilhava em seus olhos; algo, de fato, que nunca chegava à sua fala, mas que se expressava não apenas nesses gestos silenciosos do rosto pós-jantar, mas com mais clareza e frequência nos atos de sua vida. Ele era rígido consigo; bebia gin quando estava sozinho, para amortecer o gosto pelo vinho; e, embora gostasse do teatro, não cruzava as portas de um havia vinte anos. Mas tinha uma tolerância aquiescente aos outros; às vezes admirando, quase com inveja, a forte pressão espiritual envolvida nas contravenções deles; e, em qualquer contratempo, estava disposto a ajudar em vez de reprovar.

— Inclino-me à heresia de Caim — costumava dizer. — Deixei que meu irmão fosse ao inferno, singularmente, "à sua própria maneira".

Dessa forma, frequentemente lhe acontecia ser o único conhecido respeitável e a única boa influência na vida de homens decadentes. E, com esses, enquanto estivessem em seus aposentos, ele nunca demonstrava um único tom de mudança em seu comportamento.

Sem dúvida, esse feito era fácil para o sr. Utterson; pois ele era, na melhor das hipóteses, pouco expansivo, e até sua amizade parecia ser fundada em uma similar catolicidade da boa índole. A marca de um homem modesto é aceitar o círculo de amigos feito pronto pelas mãos da oportunidade; e era esse o hábito do advogado. Seus amigos eram aqueles de seu próprio sangue ou que ele conhecia há mais tempo; seus afetos, como hera, cresciam com o tempo, não exigiam adequação do objeto. Daí, sem dúvida, era o laço que o unia ao sr. Richard Enfield, seu parente distante, o homem mais popular da sociedade.

Era, para muitos, um enorme mistério o que esses dois podiam ver um no outro ou qual assunto em comum podiam encontrar. Aqueles que os encontravam em suas caminhadas dominicais relatavam que não diziam nada, pareciam notavelmente entediados e recebiam com óbvio alívio a aparição de um amigo. Apesar de tudo isso, os dois davam a maior prioridade a esses passeios, consideravam-nos a joia de cada semana e não só dispensavam ocasiões de prazer como inclusive resistiam aos chamados de negócios para poderem desfrutar deles sem interrupção.

Em uma dessas perambulações, por acaso, o caminho os levou por uma rua em um bairro movimentado de Londres. Era pequena e o que se chama de tranquila, mas, durante a semana, contava com um comércio próspero. Os habitantes todos eram bem-sucedidos, parecia, e todos pareciam esperar ainda mais sucesso, e exibiam jubilosos seus lucros; desse modo, as vitrines naquela via se dispunham com um ar convidativo, como fileiras de vendedoras sorridentes. Até em um domingo, quando ocultava seus charmes mais coloridos e ficava comparativamente vazia de tráfego, a rua reluzia em contraste com seu bairro lúgubre, como uma fogueira em uma floresta; e, com suas venezianas recém-pintadas, bronzes bem polidos, limpeza geral e alegria notável, instantaneamente chamava a atenção e agradava o passante.

Duas portas após uma esquina, à esquerda na direção leste, a fileira era quebrada pela entrada de um pátio; e, bem naquele ponto, uma sinistra construção em bloco avançava sua curva pela rua. Tinha dois andares; não tinha janelas, nada além de uma porta no andar de baixo e uma parede cega e descolorida no andar de cima; e, em cada traço, exibia as marcas de negligência prolongada e sórdida. A porta, não equipada com campainha nem com aldraba, era manchada e cheia de bolhas. Mendigos se sentavam jogados nos recuos e acendiam fósforos nos painéis; crianças se distraíam nos degraus; um garoto em idade escolar tinha experimentado sua faca nas molduras; e, há quase uma geração, ninguém aparecia para expulsar esses visitantes aleatórios nem consertar seus estragos.

O sr. Enfield e o advogado estavam do outro lado da travessa; mas, quando se viram de frente à entrada, o primeiro levantou a bengala e apontou.

— Já notou aquela porta? — perguntou e, quando seu companheiro respondeu afirmativamente, adicionou: — Lembro de uma história muito esquisita que está relacionada a ela.

— Mesmo? — disse o sr. Utterson, com leve mudança na voz. — E qual é?

— Bem, foi assim — respondeu o sr. Enfield: — Eu estava voltando para casa de algum lugar no fim do mundo, mais ou menos às três de uma manhã escura de inverno, e meu caminho cortava uma parte da cidade onde não havia literalmente nada para ver exceto postes. Rua após rua, e todos dormindo; rua após rua, todas iluminadas como se para uma procissão e vazias como uma igreja, até, por fim, eu entrar naquele estado mental em que um homem escuta e escuta e começa a ansiar pela visão de um policial. De uma vez só, vi duas figuras: uma era um homem que andava com passos pesados na direção leste a um bom ritmo; e a outra, uma garota de uns oito ou dez anos, correndo o mais rápido que conseguia por uma rua transversal. Bom, meu caro, os dois se esbarraram na esquina; e, aí, veio a parte horrível da coisa, pois o homem pisoteou calmamente o corpo da menina e a deixou gritando no chão. Não parece nada demais, mas foi infernal de se ver. Não parecia um homem; era como um rolo compressor amaldiçoado. Dei um grito de alarme, comecei a correr, peguei o cavalheiro pelo colarinho e o levei de volta até onde já havia um bom grupo em torno da criança que gritava. Ele ficou perfeitamente tranquilo e não resistiu, mas me deu um olhar tão feio que me fez suar tanto quanto a corrida. As pessoas que tinham aparecido eram os familiares da própria garota; e, muito em breve, o médico, que ela tinha sido enviada para buscar, chegou. Bem, a garota não estava tão mal, mais assustada, segundo o Doutorzinho; e, aí, se poderia supor que seria o fim da questão. Mas houve uma circunstância curiosa. Eu tinha passado a detestar o cavalheiro à primeira vista. E a família da garota também, o que era bastante natural. Mas foi o caso do médico que me impressionou. Ele era um simples boticário como qualquer outro, sem idade ou cor particular, com um forte sotaque de Edimburgo e tão emotivo quanto uma gaita de foles. Bom, meu caro, ele era como o resto de nós; toda vez que olhava meu prisioneiro, eu via o Doutorzinho ficar enjoado e branco de vontade de matá-lo. Eu sabia o que se passava na cabeça dele, assim como ele sabia o que se passava na minha; e, estando assassinato fora de questão, fizemos a segunda melhor coisa. Dissemos ao homem que podíamos e iríamos fazer tal escândalo com aquilo que o nome dele ia feder de uma ponta de Londres a outra. Se ele tinha algum amigo ou crédito, íamos nos encarregar de que os perdesse. E, o tempo todo, enquanto esbravejávamos, afastávamos as mulheres dele o melhor possível, pois elas estavam selvagens como harpias. Nunca vi um círculo de rostos tão raivosos; e lá estava o homem no meio, com uma espécie de frieza sombria e desdenhosa; embora assustado, também, eu podia ver; saindo-se graciosamente, meu caro, como o próprio Satanás. "Se quiserem aproveitar-se deste acidente", disse ele, "naturalmente não posso fazer nada. Todo cavalheiro deseja evitar uma cena", continuou. "Digam seu preço." Bom, nós o apertamos até ele concordar com cem libras para a família da menina; ele claramente gostaria de negociar, mas havia em todos nós evidente hostilidade e, por fim, ele concordou. A próxima tarefa era buscar o dinheiro; e aonde acha que ele nos levou senão àquele lugar com a porta? Tirou uma chave, entrou e logo saiu com a quantia de dez libras em ouro e um cheque do Coutts para o saldo restante, pagável ao portador e assinado com um nome que não posso mencionar, embora seja um dos motivos de minha história, mas era um nome muito conhecido e com frequência impresso. A quantia era grande; mas a assinatura valia muito mais do que aquilo, se é que era genuína. Tomei a liberdade de apontar ao cavalheiro que a coisa toda parecia suspeita e que um homem, na vida real, não entra por uma porta qualquer às quatro da manhã e sai com um cheque de quase cem libras em nome de outro. Mas ele ficou bastante tranquilo e escarneceu: "Pode ficar descansado", disse, "ficarei com vocês até os bancos abrirem e eu mesmo depositarei o cheque". Então, lá fomos todos nós, o médico, o pai da menina, nosso amigo e eu, e passamos o resto da noite em meus aposentos; no dia seguinte, após tomarmos café da manhã, entramos juntos no banco. Eu mesmo entreguei o cheque e disse que tinha todas as razões para acreditar que fosse uma fraude. Nem um pouco. O cheque era genuíno.

— Ora! — disse o sr. Utterson.

— Vejo que sente o mesmo que eu — falou o sr. Enfield. — Sim, é uma história ruim. Pois este homem era um camarada com quem ninguém deveria se relacionar, um homem verdadeiramente condenável; e a pessoa que assinou o cheque está além de qualquer suspeita, é até mesmo célebre, e (o que piora tudo) um dos camaradas que praticam o que chamamos de bem. Chantagem, imagino; um homem honesto pagando uma fortuna por alguma das travessuras de sua juventude. Casa da Chantagem é como eu chamo aquele lugar com a porta, consequentemente. Embora mesmo isso, sabe, esteja longe de explicar tudo — completou ele e, com essas palavras, caiu em um estado meditativo.

Foi tirado dele pelo sr. Utterson perguntando de forma bastante repentina:

— E você não sabe se o sacador do cheque mora lá?

— Um lugar provável, não? — retrucou o sr. Enfield. — Mas por acaso já notei o endereço dele; ele mora em uma praça qualquer.

— E nunca perguntou do lugar com a porta? — questionou o sr. Utterson.

— Não, senhor: tive essa delicadeza — foi a resposta. — Tenho uma opinião bastante formada sobre fazer perguntas, é parecido demais com o dia do julgamento. Começar uma pergunta é como derrubar uma pedra.

Você se senta tranquilamente no topo de um morro; e lá vai a pedra, derrubando outras; e, em breve, um velhinho meigo (a última pessoa em quem você teria pensado) é atingido na cabeça em seu próprio jardim e a família tem que mudar de nome. Não, senhor, tenho uma regra: quanto mais algo parece esquisito, menos eu pergunto.

— E é uma boa regra — declarou o advogado.

— Mas eu mesmo estudei o lugar — continuou o sr. Enfield. — Mal parece uma casa. Não há nenhuma outra porta, e ninguém entra nem sai daquela, exceto, muitíssimo de vez em quando, o cavalheiro de minha aventura. Há três janelas que dão para o pátio no andar de cima; nenhuma no de baixo; as janelas vivem fechadas, mas são limpas. E, por fim, há uma chaminé que geralmente solta fumaça; então, alguém deve morar ali. Apesar disso, não é certeza; pois os prédios em volta daquele pátio são tão grudados que é difícil saber onde um termina e outro começa.

O par voltou a caminhar por um tempo em silêncio, e então:

— Enfield — disse o sr. Utterson —, essa sua regra é muito boa.

— Sim, acho que é — respondeu Enfield.

— Mas, com tudo isso — continuou o advogado —, tem uma coisa que quero perguntar: desejo saber o nome daquele homem que pisoteou a garota.

— Bem — falou o sr. Enfield —, não vejo que mal faria. Era um homem chamado Hyde.

— Hum — disse o sr. Utterson. — Que tipo de homem ele é, fisicamente?

— Não é fácil de descrever. Há algo errado com a aparência dele; algo desagradável, algo realmente detestável. Nunca vi um homem por quem tive tanta aversão, mas mal entendo por quê. Ele devia ser deformado em algum lugar; dá uma forte sensação de deformidade, embora eu não consiga especificar onde. É um homem de aparência extraordinária, mas ainda assim não consigo nomear nada fora do normal. Não, meu caro; não consigo compreender; não consigo descrevê-lo. E não é por falha de memória; pois declaro que consigo vê-lo neste momento.

O sr. Utterson novamente caminhou um pouco em silêncio e, obviamente, sob um peso de consideração.

— Tem certeza de que ele usou uma chave? — inquiriu por fim.

— Meu caro senhor... — começou Enfield, fora de si de surpresa.

— Sim, eu sei — disse Utterson. — Sei que deve parecer estranho. O fato é que, se eu não lhe pergunto o nome da outra parte, é porque já sei. Veja, Richard, sua história foi bastante séria. Se você foi inexato em qualquer ponto, é melhor corrigir.

— Acho que poderia ter me pedido isso antes — retrucou o outro, com um toque de mau humor. — Mas fui pedantemente exato, como você diz. O camarada tinha uma chave; e, além do mais, ainda tem. Eu o vi usá-la há menos de uma semana.

O sr. Utterson suspirou profundamente, mas não disse uma palavra; e o jovem dentro em pouco retomou:

— Eis mais uma lição de não dizer nada. Estou envergonhado de minha língua solta. Vamos fazer um acordo de nunca mais nos referirmos a isto.

— De todo o coração — falou o advogado. — Vamos selar com um aperto de mãos, Richard.

A BUSCA PELO SR. HYDE

Naquela noite, o sr. Utterson voltou para sua casa de solteiro com ânimo sombrio e se sentou para jantar sem apreciar. Era seu costume, aos domingos, quando terminava a refeição, sentar-se perto da lareira, com um volume de austera religiosidade em sua mesa de leitura, até o relógio da igreja vizinha soar as doze, quando então ele ia religiosamente grato deitar-se. Naquela noite, porém, assim que a mesa foi tirada, ele pegou uma vela e entrou em seu escritório. Lá, abriu o cofre, pegou da parte mais escondida um documento em um envelope assegurado como Testamento do Dr. Jekyll e se sentou com o cenho anuviado para analisar o conteúdo. O testamento era hológrafo e, embora estivesse a encargo do sr. Utterson agora que estava feito, foi recusada qualquer assistência em sua composição; e ditava que, no caso do falecimento de Henry Jekyll — doutor em Medicina, doutor em Direito Civil, *legum doctor*, membro da Sociedade Real etc., — todas as suas posses deveriam passar às mãos de seu "amigo e benfeitor Edward Hyde"; mas que, no caso do "desaparecimento ou ausência inexplicada" de dr. Jekyll "por qualquer período excedente a três meses", o supracitado Edward Hyde deveria assumir a posição de Henry Jekyll sem mais delongas e livre de quaisquer encargos ou obrigações com exceção do pagamento de algumas pequenas quantias aos funcionários da casa do médico.

Esse documento há muito era o desgosto do advogado. Ofendia-o tanto como um homem da lei quanto como um amante da sensatez e dos costumes, a quem as extravagâncias eram consideradas imorais. E, até aqui, foi o fato de ignorar quem era o sr. Hyde que inflamava sua indignação; agora, com a reviravolta inesperada, sabê-lo era ainda pior. Já era ruim sendo apenas um nome sobre o qual ele nada conseguia descobrir. Mais revoltante foi quando começou a ser revestido de atributos detestáveis; e, das névoas inconstantes e insubstanciais que há tanto tempo nublavam seus olhos, saltou o pressentimento repentino e definitivo de um inimigo.

— Achei que fosse loucura — disse ele, ao recolocar o papel detestável no cofre — e agora começo a temer que seja desgraça.

Com isso, ele soprou sua vela, colocou um sobretudo e se pôs na direção da Cavendish Square, aquela fortaleza da medicina, onde seu amigo, o grande dr. Lanyon, morava e recebia seus numerosos pacientes.

Se alguém souber, será Lanyon, pensou ele.

O solene mordomo o conhecia e o recebeu; sem qualquer demora, foi levado diretamente da porta à sala de jantar onde o dr. Lanyon se sentava sozinho com seu vinho. Era um cavalheiro robusto, saudável, elegante, de rosto vermelho, com uma mecha de cabelo prematuramente branca e uma atitude impetuosa e decidida. Ao ver o sr. Utterson, ele saltou de sua cadeira e o segurou com as duas mãos. Essa boa disposição, que era costume do homem, era um pouco teatral aos olhos, mas era suscitada por um sentimento sincero. Pois esses dois velhos amigos foram colegas tanto de escola quanto de faculdade, ambos inteiramente respeitosos de si e do outro, e, algo que nem sempre é comum, gostavam por completo da companhia um do outro.

Após um pouco de conversa fiada, o advogado chegou ao assunto que tão desagradavelmente ocupava sua cabeça.

— Imagino, Lanyon — disse ele —, que nós dois sejamos os amigos mais antigos que Henry Jekyll tem, não?

— Gostaria que fôssemos os amigos mais novos — brincou dr. Lanyon. — Mas acredito que sejamos, sim. E o que tem isso? Hoje em dia, vejo-o pouco.

— É mesmo? — disse Utterson. — Pensei que tivessem um laço de interesse comum.

— Tínhamos — foi a resposta. — Mas faz mais de dez anos que Henry Jekyll virou excêntrico demais para mim. Ele começou a ficar esquisito, esquisito da cabeça; e, embora, claro, eu tenha continuado cordial com ele pelos velhos tempos, como dizem, eu mal o tenho visto. Disparates tão pouco científicos — completou o médico, de repente ficando roxo — teriam afastado até Damão e Pítias.[1]

Esse pequeno ataque de fúria foi uma espécie de alívio ao sr. Utterson.

Eles só diferiram em alguma questão científica, pensou ele; e, sendo um homem sem paixão pela ciência (exceto no que tangia a transmissão de propriedade), ele até comentou:

— Não é nada pior do que isso! — Deu ao amigo alguns segundos para recuperar a compostura e, aí, abordou a questão que tinha vindo fazer. — Você algum dia encontrou um pupilo dele, chamado Hyde?

— Hyde? — repetiu Lanyon. — Não. Nunca ouvi falar.

***

---

1. Figuras mitológicas gregas que representam a amizade verdadeira. [N. T.]

Isso foi tudo de informação que o advogado obteve e trouxe consigo para a grande cama escura, na qual se revirou até amanhecer. Foi uma noite de pouca tranquilidade para sua mente laboriosa, trabalhando em meio à escuridão e assolada por perguntas.

As seis horas da manhã foram anunciadas pelos sinos da igreja próxima da casa do sr. Utterson e ele ainda estava cavoucando o problema. Até aqui, só o havia analisado pelo lado intelectual; mas, agora, sua imaginação também estava envolvida, ou melhor, escravizada; e, enquanto ele se revirava deitado na completa escuridão da noite e do quarto com cortinas fechadas, a história do sr. Enfield passava em sua mente em um rolar de imagens iluminadas. Ele via a grande área de lampiões iluminando a cidade noturna; então, a figura masculina caminhando rápido; então, uma criança correndo ao sair do médico; e, então, tudo isso se encontrava, e aquele rolo compressor humano atropelava a menina e seguia em frente apesar dos gritos dela. Ou, senão, ele via um cômodo numa casa rica, onde seu amigo dormia, sorrindo em seus sonhos; e, então, a porta daquele quarto era aberta, as cortinas da cama, separadas, o homem que dormia, acordado e, *ah!*, de pé ao lado dele estava uma figura que recebera poder e, mesmo naquela hora morta, o homem precisava se levantar e fazer o que era mandado.

A figura nessas duas fases assombrou o advogado a noite toda; e se, em algum momento, ele pegava no sono, era apenas para vê-la deslizar furtiva por casas adormecidas ou mover-se mais e mais ágil, ao ponto da tontura, pelos labirintos amplos da cidade iluminada e, a cada esquina, esmagar uma criança e deixá-la berrando. Ainda assim, a figura não tinha um rosto pelo qual se pudesse conhecê-la; até em seus sonhos, não tinha rosto ou tinha um que o deixava perplexo e se derretia diante de seus olhos; e foi assim que cresceu rapidamente no advogado a necessidade, quase obsessiva, de olhar as feições do verdadeiro sr. Hyde. Se ele pudesse apenas uma vez pôr os olhos nele, achava que o mistério se aliviaria e, talvez, até se fosse para sempre, como era o costume das coisas misteriosas quando bem analisadas. Ele talvez visse um motivo para a estranha preferência ou ligação (chame do que quiser) do amigo, e até para a preocupante cláusula do testamento. Pelo menos, seria um rosto que valeria a pena ver: o rosto de um homem desprovido de misericórdia em suas entranhas; um rosto que só precisava mostrar-se para suscitar, na mente do impressionável Enfield, o espírito de um ódio duradouro.

Daquele momento em diante, o sr. Utterson começou a frequentar a porta naquela travessa da rua comercial. De manhã antes do horário comercial; ao meio-dia quando havia bastante clientes e pouco tempo; à noite sob o disfarce da lua urbana enevoada — em todas as iluminações e todas as horas de calmaria ou multidão, o advogado podia ser encontrado em seu posto escolhido.

Se ele insiste nesse esconde-esconde, pensara ele, *vou tratar de descobrir onde está entocado.*

E, por fim, sua paciência foi recompensada. Era uma noite agradavelmente seca; geada no ar; as ruas limpas como o piso de um salão de baile; os postes de iluminação, sem serem perturbados por qualquer vento, desenhando um padrão regular de luz e sombra. Às dez, quando as lojas foram fechadas, a travessa ficou muito solitária e, apesar do ruído baixo de Londres vindo de todo lado, muito silenciosa. Pequenos sons vinham de longe: sons domésticos vindos das casas eram claramente audíveis de cada lado da via, e o rumor da chegada de qualquer passante o precedia em muito. O sr. Utterson estava havia alguns minutos em seu posto quando percebeu um passo estranho e leve se aproximando. Durante suas patrulhas noturnas, havia se acostumado há muito tempo com o efeito curioso segundo os quais os passos de uma única pessoa que ainda está muito distante de repente se tornam distintos do vasto zumbido e algazarra da cidade. Ainda assim, sua atenção nunca foi tão aguda e derradeiramente cativa; e foi com uma previsão forte e supersticiosa de sucesso que ele recuou para a entrada do pátio.

Os passos agilmente chegaram mais perto e de repente intensificaram, mais altos, ao dobrar a esquina. O advogado, observando à frente da entrada, logo pôde ver com que tipo de homem teria de lidar. Era pequeno e com uma roupa muito comum, e sua aparência, mesmo àquela distância, de algum modo ia fortemente contra o gosto do observador. Mas ele foi direto para a porta, atravessando a rua para economizar tempo; e, quando chegou, tirou do bolso uma chave, como alguém que se aproxima de casa.

O sr. Utterson saiu das sombras e o tocou no ombro quando ele passou.

— Sr. Hyde, presumo?

O sr. Hyde se encolheu com um sibilo. Mas seu medo foi apenas momentâneo; e, apesar de não olhar no rosto do advogado, ele respondeu com bastante frieza:

— É meu nome. O que quer?

— Vejo que está entrando — retrucou o advogado. — Sou um velho amigo do dr. Jekyll, o sr. Utterson, da Gaunt Street. Você deve ter ouvido meu nome; e, ao encontrá-lo dessa forma tão conveniente, imaginei que pudesse me deixar entrar.

— Não vai encontrar o dr. Jekyll; ele não está em casa — respondeu o sr. Hyde, encaixando a chave na fechadura. E, de repente, mas ainda sem levantar os olhos: — Como me conhecia? — perguntou.

— Em contrapartida — disse o sr. Utterson —, me faria um favor?

— Com prazer — replicou o outro. — O que seria?

— Pode me deixar ver seu rosto? — pediu o advogado.

O sr. Hyde pareceu hesitar, e então, como se tendo uma súbita reflexão, virou-se de frente com um ar de desafio; e os dois ficaram se olhando fixamente por alguns segundos.

— Agora, eu o reconhecerei de novo — disse o sr. Utterson. — Pode ser útil.

— Sim — devolveu o sr. Hyde —, é bom que nos tenhamos conhecido; e, a propósito, o senhor devia ficar com meu endereço. — E deu o número de uma rua no Soho.

Deus do céu, pensou o sr. Utterson, *será que ele também estava pensando no testamento?* Mas manteve para si o que achava e só grunhiu como resposta ao endereço.

— E, agora — continuou o outro —, como me conhecia?

— Por descrição — foi a resposta.

— Descrição de quem?

— Temos amigos em comum — explicou o sr. Utterson.

— Amigos em comum? — ecoou o sr. Hyde, um pouco rouco. — Quem são?

— Jekyll, por exemplo — disse o advogado.

— Ele nunca lhe contou — gritou o sr. Hyde, com um acesso de raiva. — Não pensei que você mentiria.

— Por favor — falou o sr. Utterson —, essa linguagem não é apropriada.

O outro rosnou uma risada selvagem; e, no momento seguinte, com extraordinária rapidez, tinha destrancado a porta e desaparecido dentro da casa.

O advogado ficou um tempo lá parado depois de o sr. Hyde o deixar, a imagem da inquietação. Aí começou, devagar, a subir a rua, pausando a cada um ou dois passos e colocando a mão na testa como um homem em perplexidade mental. O problema que estava debatendo enquanto caminhava era de uma classe raramente resolvida. O sr. Hyde era pálido e franzino, dava uma impressão de deformidade sem qualquer má formação que pudesse ser nomeada, tinha um sorriso desagradável, havia se dirigido ao advogado com uma mescla assassina de timidez e ousadia, e falava com uma voz rouca, sussurrada e quase falhando; todos eram pontos contra ele, mas nem tudo junto podia explicar o até então desconhecido nojo, ódio e medo que o sr. Utterson sentia por ele.

— Deve haver mais alguma coisa — falou o cavalheiro, atordoado. — Há mais alguma coisa, se eu conseguir encontrar um nome para isso. Deus me ajude, o homem mal parece humano! Algo de troglodita, digamos? Ou será que é a velha história do dr. Fell?[2] Ou será a mera radiação de uma alma má que transpira e se mostra, e transfigura a argila que

---

2. Figura de uma cantiga infantil de 1680 sobre o dr. John Fell, bispo de Oxford, fala sobre não gostar de alguém sem motivo aparente: "*I do not like thee, dr. Fell / The reason why, I cannot tell; / but this I know, and know full well, / I do not like thee, dr. Fell*" [Não gosto de você, dr. Fell / O motivo, não sei dizer; / mas sei disto e sei muito bem, / não gosto de você, dr. Fell]. [N. T.]

a contém? O último, acho; porque, ó meu pobre e velho Harry Jekyll, se eu alguma vez li a assinatura de Satanás em um rosto, foi no de seu novo amigo.

Dobrando a esquina da travessa, havia uma praça de lindas casas antigas, agora em sua maioria decaídas de seu auge e divididas em apartamentos e câmaras alugados para homens de todos os tipos e condições: gravuristas de mapas, arquitetos, advogados desonestos e agentes de empreitadas obscuras. Uma casa, porém, a segunda depois da esquina, ainda estava ocupada em sua inteireza; e, na porta dela, que tinha um grande ar de riqueza e conforto, embora agora mergulhada na escuridão exceto pela claraboia, o sr. Utterson parou e bateu. Um empregado idoso e bem-vestido abriu a porta.

— O sr. Jekyll está, Poole? — perguntou o advogado.

— Vou ver — respondeu Poole deixando o visitante entrar, enquanto falava, em um saguão grande, confortável e de pé-direito baixo, pavimentado de ladrilhos, aquecido (tal como uma casa de campo) por uma lareira aberta e acesa, e mobiliado com caros armários de carvalho. — Vai esperar aqui ao lado do fogo, senhor? Ou prefere que eu acenda uma luz na sala de jantar?

— Aqui, obrigado — disse o advogado, e se aproximou e apoiou-se no guarda-fogo alto. Esse saguão, no qual ele agora ficou sozinho, era um capricho de estimação do amigo dele, o médico; e o próprio Utterson costumava dizer que era o cômodo mais agradável de toda a Londres. Mas hoje seu sangue estava gelado; o rosto de Hyde estava pesando em sua memória; ele sentia (o que, para ele, era raro) uma náusea e um desgosto de viver; e, nesse estado de espírito, parecia ler uma ameaça na luz da lareira tremulando nos armários polidos e na sombra inquieta que se insinuava no teto. Ficou com vergonha de seu alívio quando Poole logo retornou para anunciar que o dr. Jekyll havia saído.

— Vi o sr. Hyde entrar pela antiga porta da sala de dissecação, Poole — disse ele. — Isso é correto, sendo que o dr. Jekyll não está em casa?

— Corretíssimo, sr. Utterson — respondeu o empregado. — O sr. Hyde tem uma chave.

— Seu mestre parece depositar muita confiança naquele jovem, Poole — retomou o outro, curioso.

— Sim, senhor, de fato — disse Poole. — Todos temos ordens de obedecê-lo.

— Acho que nunca conheci o sr. Hyde, não é? — perguntou Utterson.

— Ah, de jeito nenhum, senhor. Ele nunca janta aqui — respondeu o mordomo. — Aliás, nós o vemos muito pouco deste lado da casa; ele quase sempre vem e vai pelo laboratório.

— Bem, boa noite, Poole.

— Boa noite, sr. Utterson. — E o advogado foi na direção de casa com um coração muito pesado.

Pobre Harry Jekyll, pensou, *minha mente me alerta que ele está encrencado! Quando jovem, ele era selvagem; muito tempo atrás, é claro; mas, na lei de Deus, não há prazo de prescrição. Ah, deve ser isso; o fantasma de algum velho pecado, o câncer de alguma desgraça escondida: o castigo chegando,* pede claudo, *anos após a memória ter esquecido e o amor-próprio ter perdoado o crime.*

E o advogado, assustado com esse pensamento, ficou um pouco pensando em seu próprio passado, revirando todos os cantos da memória, para que nenhuma antiga iniquidade saltasse à luz como se de uma caixa-surpresa. Seu passado era relativamente inocente; poucos homens podiam ler o pergaminho de sua vida com menos apreensão; ainda assim, ele sentiu-se completamente humilhado pelas muitas coisas ruins que fizera, elevando-se novamente a uma gratidão sóbria e temerosa pelas muitas que chegara tão perto de fazer, mas evitara. E então, voltando ao assunto anterior, ele concebeu uma fagulha de esperança.

Esse mestre Hyde, se for estudado, pensou, *deve ter seus próprios segredos; segredos sombrios, ao que parecia; segredos que, se comparados aos piores crimes do pobre Jekyll, ainda fariam este parecer um raio de sol. As coisas não podem continuar como estão. Fico gelado só de pensar nessa criatura roubando como um ladrão o leito de Harry; pobre Harry, que duro despertar! E o perigo; pois, se esse Hyde suspeitar da existência do testamento, pode ficar impaciente pela herança. Sim, devo colocar a mão na massa, caso Jekyll me permita*, completou.

"Caso Jekyll me permita."

Pois, mais uma vez, ele viu diante de si, transparentes de tão claras, as estranhas cláusulas do testamento.

DR. JEKYLL ESTAVA BASTANTE TRANQUILO

Uma quinzena depois, por uma enorme sorte, o médico deu um de seus agradáveis jantares para uns cinco ou seis amigos íntimos, todos homens inteligentes, de boa reputação e apreciadores de bons vinhos; e o sr. Utterson maquinou de ficar para trás depois de os outros partirem.

Não era um arranjo novo, mas algo que havia acontecido uma série de vezes. Onde gostavam de Utterson, gostavam muito. Anfitriões amavam segurar o advogado sóbrio quando os homens animados e faladores já estavam com o pé para fora da porta; gostavam de ficar um pouco em sua companhia comedida, exercitando a solidão, acalmando a mente no abundante silêncio após o custoso esforço da animação. A essa regra, o dr. Jekyll não era exceção; e, enquanto ele agora se sentava do outro lado da lareira — um homem de cinquenta anos grande, bem proporcionado, com o rosto liso e um olhar talvez um pouco furtivo —, dava para ver por sua aparência que nutria pelo sr. Utterson um afeto sincero e caloroso.

— Andei querendo conversar com você, Jekyll — começou o advogado. — Sabe aquele seu testamento?

Um observador atento talvez notasse que o assunto era desagradável; mas o médico levou aquilo num gracejo.

— Meu pobre Utterson — falou —, que infelicidade para você ter um cliente assim. Nunca vi um homem tão perturbado quanto você pelo meu testamento; a não ser aquele pedante tacanho, Lanyon, com o que chamou de minhas heresias científicas. Ah, sei que ele é um bom homem, não precisa franzir o cenho, um homem excelente, e sempre quero vê-lo mais; mesmo assim é um pedante tacanho; um pedante ignorante e exaltado. Nunca me decepcionei com homem nenhum quanto com Lanyon.

— Você sabe que nunca aprovei — insistiu Utterson, desconsiderando sem dó o novo assunto.

— Meu testamento? Sim, certamente, sei disso — respondeu o médico, de forma levemente abrupta. — Você já me disse.

— Bem, digo novamente — continuou o advogado. — Fiquei sabendo de algumas coisas sobre o jovem Hyde.

O rosto grande e belo do dr. Jekyll empalideceu até os lábios, e sobreveio uma escuridão em seus olhos.

— Não quero saber mais — declarou ele. — É uma questão que achei que tivéssemos concordado em deixar para lá.

— O que ouvi foi abominável — falou Utterson.

— Não posso fazer mudança alguma. Você não entende minha posição — devolveu o médico, com certa incoerência em seus modos.

— O lugar em que estou é doloroso, Utterson; minha posição é muito estranha... Muito estranha. É um daqueles assuntos que não podem ser resolvidos com conversa.

— Jekyll — disse Utterson —, você me conhece: sou um homem de confiança. Tire isso do seu peito em segredo; e garanto que posso livrá-lo.

— Meu bom Utterson — continuou o médico —, é muito bondoso de sua parte, é bondoso demais, e não consigo achar palavras com as quais agradecê-lo. Acredito completamente em você; eu confiaria em você antes de em qualquer outro homem vivo, sim, antes de em mim mesmo, se pudesse fazer essa escolha; mas, na verdade, não é o que você imagina; não é tão ruim assim. E, só para tranquilizar seu bom coração, vou dizer-lhe uma coisa: no momento em que escolher, posso me livrar do sr. Hyde. Dou-lhe minha palavra quanto a isso; e agradeço-o de novo e de novo; e vou só adicionar uma palavrinha, Utterson, que tenho certeza de que você não levará a mal: esta é uma questão particular e imploro que não insista.

Utterson refletiu um pouco, olhando para o fogo.

— Não tenho dúvidas de que você esteja perfeitamente bem — disse ele por fim, ficando de pé.

— Bem, mas, já que tocamos nesse assunto, e espero que pela última vez — continuou o médico —, há um ponto que eu gostaria que você entendesse. Tenho mesmo um enorme interesse pelo pobre Hyde. Sei que você o viu, ele me contou; e temo que ele tenha sido rude. Mas, sinceramente tenho um interesse grande, muito grande naquele jovem; e, se eu me for, Utterson, gostaria que você me prometesse que será paciente com ele e garantirá seus direitos. Acho que faria isso, se soubesse de tudo; e será um peso a menos em minha mente ter essa promessa sua.

— Não posso fingir que um dia eu vá gostar dele — disse o advogado.

— Não estou pedindo isso — rogou Jekyll, colocando a mão no braço do amigo. — Só peço por justiça; só peço que o ajude por mim quando eu não estiver mais aqui.

Utterson soltou um suspiro irreprimível.

— Bem — disse ele —, prometo.

O CASO DO ASSASSINATO DE CAREW

Quase um ano depois, em outubro de 1800-e-tantos, Londres foi estremecida por um crime de singular ferocidade, ainda mais notável pela alta posição da vítima. Os detalhes eram escassos e assustadores. Uma empregada doméstica que morava sozinha em uma casa não muito longe do rio tinha subido para a cama em torno das onze. Embora uma névoa cobrisse a cidade na madrugada, o início da noite estava limpo, e a rua para onde dava a janela da empregada estava bem iluminada pela lua cheia. Parece que ela tinha inclinações românticas, pois sentou-se em sua cama, que ficava bem embaixo da janela, e caiu em um devaneio contemplativo. Nunca (dizia ela, com as lágrimas fluindo, ao narrar aquela experiência), nunca se sentira mais em paz com a humanidade ou achara o mundo melhor. E, assim sentada, ela tomou ciência de um senhor idoso e bonito com cabelos brancos aproximando-se pela rua; avançando para encontrá-lo, vinha outro cavalheiro muito pequeno, a quem, no início, ela prestou pouca atenção. Quando estavam à distância de poder se escutar (o que foi bem debaixo dos olhos da empregada), o mais velho fez uma mesura e abordou o outro com uma belíssima atitude de educação. Parecia que o assunto da conversa não passava de um simples pedido de orientações para chegar a um endereço, a julgar pela forma que apontava, como inquirindo uma direção. Ainda assim era agradável de se ver, por conta da forma que a lua brilhava no rosto dele enquanto falava, pois transparecia uma benevolência inocente do velho mundo, mas também certa altivez, numa autoconfiança bem-fundada. Então, o olhar dela foi atraído ao outro, e ela ficou surpresa em reconhecer o tal sr. Hyde, quem uma vez visitara o patrão dela e de quem desde então sentira forte antipatia. Ele tinha nas mãos uma bengala pesada, a qual balançava, em óbvia impaciência, enquanto escutava ao senhor, sem responder uma única palavra.

Então, de repente, ele irrompeu num ataque de fúria, batendo o pé, brandindo a bengala e fazendo uma cena (assim descreveu a empregada) como um louco. O velho cavalheiro retrocedeu um passo com ar de espanto e um pouquinho magoado. Isso fez o sr. Hyde perder todas as estribeiras e dar no outro até derrubá-lo no chão. E, no momento seguinte, com a fúria de um gorila, ele estava pisoteando sua vítima e desferindo uma tempestade de golpes, sob os quais os ossos audivelmente se quebraram e o corpo bateu na calçada. O horror dessa visão e desses sons fez a empregada desmaiar.

Eram duas da manhã quando ela recuperou a consciência e chamou a polícia. O assassino já havia escapado há muito tempo; mas lá estava sua vítima no meio da rua, incrivelmente desfigurada. A bengala com que o crime havia sido cometido, embora fosse de uma madeira rara, muito dura e pesada, tinha se quebrado ao meio com a pressão dessa crueldade insensata. Uma metade cheia de lascas havia rolado para a sarjeta vizinha — a outra, sem dúvida, fora levada pelo assassino. Foram achados uma carteira e um relógio de ouro com a vítima, mas nenhum cartão ou papel, exceto um envelope fechado e selado — que ele provavelmente estava levando ao correio — contendo o nome e endereço do sr. Utterson.

Isso foi levado ao advogado na manhã seguinte, antes que ele tivesse saído da cama; e foi só ver e ficar sabendo das circunstâncias que ele soltou solenemente:

— Não direi nada até ver o corpo. A situação pode ser muito grave. Tenham a gentileza de esperar enquanto me troco.

E, com a mesma gravidade, apressou-se para terminar o café da manhã e dirigiu até a delegacia, para onde o corpo havia sido carregado. Assim que entrou na cela, assentiu.

— Sim — disse ele —, eu o reconheço. Sinto dizer que este é sir Danvers Carew.

— Meu bom Deus, senhor — exclamou o policial —, será possível? — Em seguida, seus olhos se iluminaram com ambição profissional. — Isso vai causar bastante barulho. E talvez você possa nos ajudar a achar o culpado.

E brevemente narrou o que a empregada havia dito e mostrou a bengala quebrada.

O sr. Utterson já havia titubeado com o nome de Hyde; mas, quando a bengala foi posta diante dele, não pôde mais duvidar. Por mais que estivesse quebrada e desgastada, reconheceu a bengala que, muitos anos atrás, ele próprio havia dado de presente a Henry Jekyll.

— Esse sr. Hyde é uma pessoa de baixa estatura? — inquiriu.

— Definitivamente baixa e aparência definitivamente maligna, é o que diz a empregada — falou o policial.

O sr. Utterson refletiu; e, então, levantando a cabeça:

— Se puder vir comigo em minha carruagem — disse —, acho que posso levá-lo à casa dele.

A este ponto, eram cerca de nove da manhã e despontava a primeira névoa da estação. Nuvens baixas, cor de chocolate, cobriam o céu tal como pano mortuário, mas o vento não parava de atacar e redirecionar o acúmulo de brumas; desse modo, enquanto o veículo se arrastava de rua em rua, o sr. Utterson contemplou maravilhosa variedade de estágios e tons de penumbra — pois, aqui, estava escuro como a retaguarda da noite; e lá havia o brilho de um castanho rico e lúrido, como a luz de alguma estranha conflagração; e aqui, por um momento, a névoa se abria bastante e um facho pálido de luz do dia brilhava entre as espirais torvelinhantes. O sombrio bairro de Soho visto sob esses relances mutantes — com suas vias lamacentas, passantes desmazelados, e lamparinas que nunca tinham sido apagadas, ou então foram reacesas para combater essa reinvasão lúgubre da escuridão — parecia, aos olhos do advogado, um distrito de alguma cidade num pesadelo. Os pensamentos dele, além do mais, eram da mais tenebrosa coloração; e, quando ele mirou o companheiro de trajeto, tornou-se consciente daquele terror da lei e dos oficiais da lei que, às vezes, assalta até os mais honestos.

Quando a carruagem parou diante do endereço indicado, a névoa se levantou um pouco e mostrou-lhe uma rua suja, uma taberna, uma simples e barata casa de pasto[3] francês conhecida por suas saladas ainda mais baratas, muitas crianças esfarrapadas amontoadas nas portas e mulheres de nacionalidades distintas saindo, com chaves na mão, para tomar a primeira bebida do dia. No momento seguinte, a névoa novamente se assentou, marrom como ocre, e o poupou de seus arredores nefastos. Esse era o lar do protegido de Henry Jekyll; do homem que era herdeiro de duzentos e cinquenta mil libras esterlinas.

Uma velha de rosto pálido e cabelo cinzento abriu a porta. Tinha uma expressão má, suavizado com dissimulação; mas suas maneiras eram excelentes. Sim, disse ela, era a casa do sr. Hyde, mas ele não estava; tinha chegado muito tarde naquela noite, mas saído de novo em menos de uma hora; não havia nisso nada de estranho; os hábitos dele

---

3. Termo usado até o século XIX para designar um lugar que servia refeições; no original, *eating-house*. [N. T.]

eram irregulares e ele frequentemente se ausentava; por exemplo, fazia quase dois meses que ela não o via, até ontem.

— Muito bem, então, queremos ver os aposentos dele — declarou o advogado e, quando a mulher começou a dizer que era impossível, completou: — É melhor que eu lhe diga quem é essa pessoa. Este é o Inspetor Newcomen, da Scotland Yard.

Uma centelha de alegria odiosa apareceu no rosto da mulher.

— Ah! — disse ela. — Ele está encrencado! O que ele fez?

O sr. Utterson e o inspetor trocaram olhares.

— Ele não parece muito popular — observou o advogado. — E, agora, minha boa mulher, apenas permita que eu e este senhor demos uma olhada.

Em toda a extensão da casa, que, fora a velha, estava vazia, o sr. Hyde só ocupava alguns cômodos; mas estes estavam mobiliados com luxo e bom gosto. Um armário estava cheio de vinho; a louça era de prata, e a toalha de mesa, elegante; havia um bom quadro pendurado na parede, presente (supôs Utterson) de Henry Jekyll, que era muito mais conhecedor; e os tapetes eram de muitos fios e cores agradáveis. Naquele momento, porém, os cômodos pareciam ter sido recentemente saqueados, e às pressas: havia roupas pelo chão, com os bolsos do avesso; gavetas com tranca estavam abertas; e, na lareira, havia uma pilha de cinzas, como se muitos papéis tivessem sido queimados. Das brasas, o inspetor desenterrou a ponta de um talão de cheques verde, que havia resistido à ação do fogo. A outra metade da bengala foi encontrada atrás da porta. E, como isso confirmava suas suspeitas, o policial se declarou satisfeito. Uma visita ao banco, onde várias milhares de libras foram achadas deixados a crédito do assassino, completou seu contentamento.

— Pode confiar nisto, senhor — disse ele ao sr. Utterson —, tenho-o na palma da minha mão. Ele deve ter perdido a cabeça ou nunca teria deixado a bengala nem, pior ainda, queimado o talão de cheques. Ora, o dinheiro é a vida do homem. Só precisamos esperá-lo no banco e pregar os cartazes.

Esta última sugestão, porém, não foi tão fácil de executar; pois o sr. Hyde tinha poucos parentes e era impossível rastrear a família dele — até a a governanta só o vira duas vezes. Ele nunca tinha sido fotografado e os poucos que eram capazes de descrevê-lo divergiam amplamente, como acontece com observadores comuns. Apenas em um ponto concordavam e era na sensação assombradora de deformidade não expressa com que o fugitivo impressionava seus contempladores.

O INCIDENTE DA CARTA

Anoitecia quando o sr. Utterson bateu à porta do dr. Jekyll. Imediatamente Poole o atendeu. Levou-o pela cozinha e, então, através de um quintal que outrora foi um jardim, até chegarem ao velho prédio usado como laboratório. O médico havia comprado a casa dos herdeiros de um célebre cirurgião; e, como seus próprios gostos eram mais químicos do que anatômicos, mudara o uso do bloco antes usado como sala de dissecação.

Era a primeira vez em que o advogado era recebido nessa parte da casa e não pôde deixar de notar, com aguda curiosidade e estranheza, que a estrutura lúgubre não possuía janelas. Além disso, enquanto atravessava a silenciosa sala de operações — nos velhos tempos lotada com alunos ansiosos por aprender — o desconforto se acentuava com o quão desolado parecia o lugar: as mesas abarrotadas de aparatos químicos, o chão repleto de caixotes e palha espalhados, a luz caindo débil pelo nebuloso domo. Na outra ponta, um lance de escadas subia até uma porta coberta de baeta vermelha; e, ao passar por ela, o sr. Utterson enfim foi recebido no escritório do médico. Era um cômodo amplo, com armários de porta de vidro em todas as paredes e mobiliado, entre outras, com um espelho do tipo Cheval de corpo inteiro e uma escrivaninha. As três janelas empoeiradas vedadas por barras de ferro davam para o pátio. Fogo estalava na lareira e um lampião estava aceso no mantel, pois até nas casas a névoa começava a engrossar; e lá, bem perto do calor, sentava-se o dr. Jekyll, parecendo mortalmente doente. Ele não se levantou para receber o visitante, mas estendeu uma mão gelada e lhe deu as boas-vindas com uma voz diferente.

— E então — disse o sr. Utterson assim que Poole os deixou —, ficou sabendo das notícias?

O médico estremeceu.

— Estavam gritando na praça — contou. — Escutei na minha sala de jantar.

— Uma palavra — continuou o advogado. — Carew era meu cliente, mas você também é, e quero saber o que estou fazendo. Você não fez a loucura de esconder esse camarada, não é?

— Utterson, juro por Deus — implorou o médico —, juro por Deus que nunca mais porei os olhos nele. Prometo a você por minha honra que, neste mundo, não terei mais nada com ele. Tudo se acabou. E, de fato, ele nem quer minha ajuda; você não o conhece como eu; ele está seguro, está bastante seguro; grave minhas palavras, nunca mais ouviremos falar nele.

O advogado ouviu taciturno; não gostava da agitação nervosa do amigo.

— Você parece bastante certo disso — falou — e, pelo seu bem, espero que tenha razão. Se houver um julgamento, seu nome pode aparecer.

— Estou bastante certo — respondeu Jekyll. — Tenho, para essa certeza, motivos que não posso compartilhar com ninguém. Mas há uma coisa sobre a qual você pode me aconselhar. Eu recebi... Recebi uma carta; e estou sem saber se deveria mostrar à polícia. Gostaria de deixar em suas mãos, Utterson; você a julgaria sabiamente, tenho certeza; tenho muita confiança em você.

— Teme, suponho, que possa levar à detenção dele? — perguntou o advogado.

— Não — disse o outro. — Não posso dizer que me importo com o que acontecerá com Hyde; não quero mais nada com ele. Estava pensando em minha própria dignidade, que essa situação horrível expôs.

Utterson ruminou um pouco; estava surpreso com o egoísmo do amigo, e ainda assim aliviado.

— Bem — disse, por fim —, deixe-me ver a carta.

A carta estava escrita com uma caligrafia estranha, aprumada e assinada "Edward Hyde": e dizia bem brevemente ao seu benfeitor, Dr. Jekyll, a quem ele há muito retribuíra de forma tão indigna as mil generosidades, que não precisava alarmar-se com a segurança dele, já que não possuía meios de fuga dos quais pudesse depender confiavelmente. O advogado gostou razoavelmente da carta; dava mais cor à intimidade do que ele estava esperando saber; e até se culpou por algumas de suas suspeitas anteriores.

— Tem o envelope? — perguntou ele.

— Queimei — respondeu Jekyll — antes de pensar sobre o que era. Mas não tinha selo postal. O bilhete foi entregue em mãos.

— Devo ficar com isso e pensar até amanhã? — questionou Utterson.

— Desejo que você julgue inteiramente por mim — foi a resposta. — Perdi a confiança em mim mesmo.

— Bem, considerarei — retrucou o advogado. — E, agora, mais uma palavra: foi Hyde quem ditou os termos de seu testamento em relação ao desaparecimento?

O médico pareceu tomado por uma onda de tontura; ele fechou a boca e assentiu com a cabeça.

— Eu sabia — disse Utterson. — Ele queria assassiná-lo. Você conseguiu escapar.

— Consegui algo muito mais importante — devolveu o médico, solene. — Consegui aprender uma lição: ó Deus, Utterson, que lição! — E, por um momento, ele cobriu o rosto com as mãos.

Na saída, o advogado parou para dar uma ou duas palavras com Poole.

— Aliás — disse ele —, hoje foi entregue uma carta em mãos: como era o mensageiro?

Mas Poole tinha certeza de que nada chegara exceto pelo correio.

— E, mesmo assim, só circulares — completou.

Essa notícia fez o visitante ir embora com os medos renovados. Claramente, a carta tinha chegado à porta do laboratório. Ainda mais provável: fora escrita no próprio escritório. Se fosse assim, então devia ser julgada de outra forma e considerada com mais cuidado.

Enquanto ele caminhava, os jornaleiros berravam pelas calçadas:

— Edição especial. Chocante assassinato de um membro do Parlamento!

Era a oração funeral de um amigo e cliente; e ele não conseguiu evitar certa apreensão de que a reputação de outro fosse sugada pela maré do escândalo. A decisão que ele tinha de tomar era, no mínimo, delicada; e, por mais seguro de si que ele fosse habitualmente, começou a desejar pedir conselho. Não podia ser tão direto; mas, talvez, desse para insinuar.

Pouco depois, ele estava sentado de um lado de sua própria lareira, do outro, estava o sr. Guest, seu principal secretário, e, entre eles, a uma distância segura do fogo, a garrafa de um vinho especial há muito guardado no porão da casa. A névoa ainda inundava a cidade, e os lampiões brilhavam como vaga-lumes; e, em meio ao ruído abafado e à obscuridade espessa dessas nuvens caídas, a procissão da vida urbana ainda seguia pelas grandes artérias com o uivo de um vento inclemente. Mas a sala estava alegre com a luz da lareira. Na garrafa, a acidez há muito se dissipara e a cor avermelhada suavizou e, tal como os vitrais, enriquecera com o passar do tempo; e o brilho das tardes outonais nas vinícolas nas encostas estava pronto para ser liberado e dispersar a neblina de Londres. Inconscientemente, o advogado relaxou. Não havia homem em quem ele confiasse mais segredos do que o sr. Guest; talvez mais do que deveria, em alguns casos.

Guest já fora muitas vezes na casa do médico a trabalho e conhecia Poole; devia ter ouvido falar da familiaridade do sr. Hyde com a casa e talvez tivesse as próprias teorias. Então não dava no mesmo ele ver uma carta que acabava com o mistério? Guest era um dedicado e crítico estudante de caligrafias; não seria apenas natural, até mesmo um favor, compartilhar com ele a carta? Além de tudo, o secretário era também advogado; haveria de perceber a estranheza do documento e tecer algum comentário que muito possivelmente viesse a iluminar para o sr. Utterson qual decisão tomar.

— Que situação triste a de sir Danvers — disse ele.

— Sim, senhor, de fato. Suscitou grande comoção pública — respondeu Guest. — O homem, claro, era louco.

— Gostaria de ouvir sua opinião sobre isso — falou Utterson. — Tenho aqui um documento escrito por ele, que deve ficar entre nós. Mal sei o que fazer com isso; é, no melhor dos cenários, uma situação complicada. Mas aqui está para você: a assinatura do assassino.

Os olhos de Guest brilharam e ele se recostou na mesma hora, analisando com fascínio.

— Não, senhor — disse ele —, não é louco; mas é uma caligrafia estranha.

— E, segundo todos os relatos, um escritor estranho — adicionou o advogado.

Nesse momento, o empregado entrou com um bilhete.

— É do dr. Jekyll, senhor? — inquiriu o secretário. — Pensei ter reconhecido a letra. Algo privado, sr. Utterson?

— Só um convite para jantar. Por quê? Quer ver?

— Por um momento. Obrigado, senhor. — E o secretário dispôs as duas folhas uma ao lado da outra, comparando meticulosamente os conteúdos. — Obrigado, senhor — disse ele, enfim, devolvendo as duas —; é uma assinatura muito interessante.

Houve uma pausa, durante a qual o sr. Utterson debateu internamente.

— Por que as comparou, sr. Guest? — questionou, de repente.

— Bem, senhor — replicou o secretário —, há uma semelhança bastante singular; as duas caligrafias, em muitos pontos, são idênticas: apenas a inclinação é diferente.

— Bastante curioso — comentou Utterson.

— É, como o senhor diz, bastante curioso — concordou Guest.

— Não deve falar sobre esse bilhete — disse o mestre.

— Não, senhor — respondeu o secretário. — Compreendo.

E, assim que o sr. Utterson ficou sozinho naquela noite, trancou o bilhete em seu cofre, onde ele repousaria daquele momento em diante.

E essa agora!, pensou ele. *Henry Jekyll falsificando assinatura por um assassino!*

E o sangue ficou gelado em suas veias.

O NOTÁVEL INCIDENTE DO DR. LANYON

O tempo passou. A morte de sir Denvers ainda era ressentida como se atentado público e milhares de libras foram oferecidas em recompensa pelo assassino, mas o sr. Hyde desaparecera para longe do alcance da polícia, como se nunca tivesse existido. Muito de seu passado foi descoberto e tudo era desonroso: foram relatadas histórias sobre a crueldade do homem, tão insensível e violento; de sua vida vil, de suas companhias estranhas, do ódio que parecia cercar sua carreira; mas, de seu paradeiro, nem um sussurro. Desde que deixara a casa no Soho na manhã do assassinato, ele havia simplesmente sumido.

Aos poucos, com o passar dos dias, o sr. Utterson começou a se recuperar do perigo alarmante e a tranquilizar-se consigo mesmo. A morte de sir Danvers estava, pensava ele, mais do que compensada com o desaparecimento do sr. Hyde. Agora que aquela influência vil tinha se retirado, uma nova vida começava para o dr. Jekyll. Ele saiu de sua reclusão, renovou relações com os amigos, voltou a ser seu convidado e anfitrião familiar; e, embora sempre fosse conhecido pela caridade, agora era igualmente distinto pela religião. Ele era ativo, vivia ao ar livre, fazia o bem; seu rosto parecia franco e iluminado, como se com uma consciência interior de serviço; e, por mais de dois meses, o médico viveu em paz.

Em 8 de janeiro, Utterson havia jantado com um pequeno grupo na casa do médico. Lanyon estivera lá e o anfitrião olhara de um para o outro como nos tempos em que o trio era inseparável.

Então no dia 12, e de novo no 14, a porta foi fechada na cara do advogado.

— O médico está confinado em casa — disse Poole — e não vê ninguém.

No dia 15, ele tentou de novo e de novo foi rejeitado. Acostumado pelos últimos dois meses a ver o amigo quase diariamente, percebeu que voltar à solidão pesava em sua alma. Na quinta noite, ele convidou Guest para jantar; e, na sexta, foi à casa do dr. Lanyon.

Lá, pelo menos, não recusaram sua presença. Mas, quando entrou, ficou chocado com a mudança que acontecera na aparência do médico. Estava com uma sentença de morte legível no rosto. O homem rosado havia ficado pálido e sua pele, flácida; estava visivelmente mais careca e mais velho. Apesar disso, não foram tais sinais de rápida decadência física que mais chamaram a atenção do advogado, mas um olhar e atitude de quem parecia vivenciar algum profundo terror mental. Era improvável que o médico tivesse medo da morte, ainda assim, era o que Utterson estava inclinado a suspeitar.

Sim, pensou, *ele é médico, deve entender seu próprio estado e saber que seus dias estão contados; e saber disso é mais do que ele pode suportar.* Mesmo assim, quando Utterson comentou sua aparência doentia, foi com um ar de grandiosidade que Lanyon se declarou um homem condenado.

— Tive um choque — falou ele — e nunca mais me recuperarei. É uma questão de semanas. Bem, a vida foi agradável; eu gostei; sim, senhor, eu gostei. Às vezes acho que, se soubéssemos de tudo, ficaríamos mais contentes de ir embora.

— Jekyll também está doente — observou Utterson. — Você o viu?

Mas o rosto de Lanyon se distorceu e ele levantou uma mão trêmula.

— Não quero mais ver nem ouvir falar do dr. Jekyll — disse, com uma voz alta e instável. — Estou farto daquela pessoa e rogo que me poupe de qualquer alusão àquele que considero morto.

— Tsc, tsc — fez o sr. Utterson e então, depois de uma pausa considerável: — Não há nada que eu possa fazer? — perguntou. — Somos três velhos amigos, Lanyon; não viveremos tempo suficiente para fazer novos.

— Nada pode ser feito — retrucou Lanyon —; pergunte a ele mesmo.

— Ele se recusa a me ver — explicou o advogado.

— Não me surpreende — foi a resposta. — Algum dia, Utterson, depois que eu estiver morto, você talvez entenda o que é certo e errado nesta situação. Não posso contar-lhe. E, enquanto isso, se puder se sentar e conversar comigo de outras coisas, pelo amor de Deus, faça isso; mas, se não puder evitar esse assunto amaldiçoado, então, em nome de Deus, vá, pois não posso suportar.

Assim que chegou em casa, Utterson se sentou e escreveu a Jekyll, reclamando de ser excluído da casa dele e perguntando a causa desse infeliz rompimento com Lanyon. No dia seguinte lhe chegou uma longa resposta, ora pateticamente redigida; ora sombriamente misteriosa nas divagações. A rixa com Lanyon era incurável.

"Não culpo nosso velho amigo", escreveu Jekyll, "mas compartilho da visão dele de que não devemos mais nos encontrar. Quero, daqui em diante, levar uma vida de extrema reclusão; você não deve ficar surpreso nem deve duvidar de minha amizade se minha porta frequentemente ficar fechada até para você. Deve me permitir seguir meu próprio caminho sombrio. Eu trouxe a mim mesmo um castigo e um perigo que não posso nomear. Sou o maior dos pecadores e também o maior dos sofredores. Não posso imaginar que haja nesta terra um lugar para sofrimentos e terrores tão desencorajadores; e você só pode fazer uma coisa, Utterson, para aliviar esse destino, e é respeitar meu silêncio".

Utterson ficou pasmo. A sombria influência de Hyde tinha sido retirada, o médico tinha voltado a suas antigas tarefas e relações; uma semana atrás, sorriam as perspectivas para uma velhice alegre e honrada; e agora, num só momento, a amizade, paz de espírito e todo o curso da vida dele foram arruinados. Uma mudança tão grande e inesperada apontava para a loucura; mas, tendo em vista o comportamento e as palavras de Lanyon, devia haver para isso algum motivo mais profundo.

Uma semana depois, o dr. Lanyon caiu de cama e, em pouco menos de quinze dias, estava morto. Na noite seguinte ao velório, no qual ele havia ficado bastante abalado, Utterson trancou a porta de seu escritório e, sentado ali à melancólica luz de uma vela, dispôs diante de si um envelope endereçado pela mão e selado com o selo de seu falecido amigo. "PARTICULAR: para as mãos APENAS de G. J. Utterson e, caso ele já esteja falecido, a ser destruído sem ser lido", estava escrito enfaticamente no topo e o advogado temia ver o conteúdo.

Enterrei um amigo hoje, pensou ele, *e se isto me custar outro?*

E, aí, condenou o medo como deslealdade e rompeu o selo.

Lá dentro, estava outro envelope, também selado e marcado como "a ser aberto apenas após a morte ou o desaparecimento do dr. Henry Jekyll". Utterson não conseguia crer em seus olhos. Sim, dizia *desaparecimento*; como no insano testamento que ele há muito devolvera ao seu autor, aqui de novo a ideia de um desaparecimento e o nome de Henry Jekyll envolvido. Mas, no testamento, a ideia surgira de uma sugestão sinistra daquele homem, Hyde, e estava colocada com um propósito óbvio e horrível demais. Escrita pela mão de Lanyon, o que significaria? Uma grande curiosidade caiu sobre o depositário, instigando-o a desconsiderar a proibição e imediatamente mergulhar até o fundo desses mistérios, mas a honra profissional e a fé em seu amigo falecido eram obrigações rigorosas e o envelope foi dormir no canto mais escondido de seu cofre pessoal.

Ignorar a curiosidade é uma coisa, dominá-la é outra. E pode-se duvidar se, daquele dia em diante, Utterson desejava o convívio com seu amigo sobrevivente com a mesma avidez. Pensava nele com carinho, mas seus pensamentos eram perturbados e temerosos. Ele ia, sim, visitar; mas talvez ficasse aliviado de recusarem sua entrada. Talvez, em seu coração, preferisse falar com Poole na soleira da porta, com o ar e o burburinho da cidade ao redor, do que entrar naquela casa de deliberado aprisionamento e sentar-se para conversar com seu eremita inescrutável. Poole, aliás, não tinha notícias muito agradáveis a comunicar. O médico agora mais do que nunca se confinava ao escritório em cima do laboratório, onde por vezes até dormia; vivia abatido, passara a ficar muito silencioso, tampouco lia; parecia muito preocupado com algo. Utterson ficou tão acostumado com o caráter invariável desses relatórios que, pouco a pouco, diminuiu a frequência de suas visitas.

INCIDENTE NA JANELA

Por acaso no domingo, quando o sr. Utterson estava em sua caminhada rotineira com o sr. Enfield, o caminho dos dois mais uma vez os levou à travessa; e ao passarem em frente à porta, os dois pararem para olhar.

— Bem — disse Enfield —, aquela história enfim terminou. Nunca mais veremos o sr. Hyde.

— Espero que não — comentou Utterson. — Já lhe contei que uma vez o vi e compartilhei seu sentimento de repulsa?

— Era impossível ter outra reação — retrucou Enfield. — E, aliás, como deve ter me achado idiota por não saber que se tratava de uma entrada dos fundos da casa do dr. Jekyll! Foi parcialmente por sua culpa que descobri isso, por fim.

— Então, você descobriu, é? — disse Utterson. — Mas, se é assim, podemos entrar no pátio e olhar as janelas. Para falar a verdade, estou preocupado com o pobre Jekyll. Mesmo de fora, sinto que a presença de um amigo poderia lhe fazer bem.

O pátio estava bem fresco e um pouco úmido e repleto por uma prematura penumbra, embora o céu, bem lá no alto, ainda brilhasse com o pôr do sol. Entre as três janelas, a do meio estava entreaberta e, sentado bem perto dela, com um semblante derradeiramente triste, como algum prisioneiro desconsolado, estava Jekyll.

— Quê! Jekyll! — gritou Utterson ao vê-lo. — Imagino que esteja melhor.

— Estou muito mal, Utterson — respondeu o médico, melancólico —, muito mal. Não vou durar muito, graças a Deus.

— Você fica demais dentro de casa — disse o advogado. — Devia sair, estimular a circulação como o sr. Enfield e eu. (Este é meu primo: sr. Enfield, dr. Jekyll.) Vamos, vamos; pegue seu chapéu e dê uma voltinha conosco.

— Você é muito bondoso — suspirou o outro. — Eu gostaria muito... mas não, não, não. É impossível! Não ouso. Mas, de fato, Utterson, fico muito feliz de vê-lo; é mesmo um grande prazer. Eu convidaria você e o sr. Enfield a subirem, mas a casa realmente não está arrumada.

— Ora, então — disse o advogado, bem-humorado —, o melhor que podemos fazer é ficar aqui embaixo e conversar com você de onde estamos.

— Era bem o que eu estava prestes a ousar propor — retrucou o médico, com um sorriso.

Mas, mal as palavras foram pronunciadas, o sorriso foi arrancado de seu rosto e sucedido por uma expressão de tão abjeto terror e desespero que até o sangue dos dois cavalheiros lá embaixo gelou. Eles viram apenas de relance, pois a janela foi instantaneamente fechada com força; mas aquele relance fora suficiente, e eles se viraram e saíram do pátio sem uma palavra. Ainda em silêncio, cruzaram a travessa e foi só quando chegaram a uma rua vizinha, onde, mesmo sendo domingo ainda havia agitação e vida, que o sr. Utterson enfim virou-se e olhou seu companheiro. Ambos estavam pálidos e havia um horror de compreensão em seus olhos.

— Deus nos perdoe, Deus nos perdoe — disse o sr. Utterson.

Mas o sr. Enfield só assentiu com a cabeça, muito sério, e voltou a caminhar em silêncio.

A ÚLTIMA NOITE

Uma noite, o sr. Utterson estava sentado ao lado da lareira após o jantar quando se surpreendeu com uma visita de Poole.

— Deus do céu, Poole, o que o traz aqui? — gritou ele. Então, olhando-o com mais atenção: — O que o atormenta? O médico está doente?

— Sr. Utterson — disse o homem —, tem algo errado.

— Sente-se. Aqui está uma taça de vinho para você — falou o advogado. — Agora, tome o tempo que precisar e me diga com clareza o que quer.

— O senhor conhece os modos do médico — respondeu Poole — e como ele se isola. Bem, ele está de novo trancado no escritório; e não gosto disso, senhor, juro pela minha vida que não gosto. Sr. Utterson, estou com medo.

— Ora, meu bom homem — disse o advogado —, seja explícito. Do que tem medo?

— Estou com medo há mais ou menos uma semana — retrucou Poole, teimosamente desconsiderando a pergunta — e não aguento mais.

A aparência do homem reforçava as palavras e seu comportamento piorou. Exceto pelo primeiro momento em que anunciara seu terror, não tornou a encarar o advogado uma única vez. Mesmo agora, sentado e com a intocada taça de vinho sobre o joelho, seus olhos estavam direcionados a um canto do chão.

— Não aguento mais — repetiu.

— Vamos — disse o advogado —, creio que você tem um bom motivo, Poole. Vejo que tem algo seriamente fora de lugar. Tente me contar o que é.

— Acho que houve um crime — anunciou Poole, rouco.

— Um crime! — gritou o advogado, bastante assustado e prestes a se irritar. — Que crime? O que isso quer dizer?

— Não ouso falar, senhor — foi a resposta —, mas pode vir comigo e ver por si mesmo?

A resposta do sr. Utterson foi se levantar e pegar o chapéu e sobretudo, mas observou com espanto a intensidade do alívio que apareceu no rosto do mordomo e, com quase tanto espanto, que o vinho continuava intocado quando o colocou no chão para segui-lo.

Era uma noite selvagem, fria, própria de março. A lua pálida estava deitada de costas como se o vento a tivesse inclinado, e nuvens altas e densas, da textura mais diáfana e algodoada, eram sopradas. O vento tornava difícil falar e fazia o sangue subir ao rosto. Parecia ter deixado as ruas anormalmente vazias, também; pois o sr. Utterson decerto nunca vira aquela parte de Londres tão deserta. Ele desejou que não estivesse assim. E não lembrava de algum dia na vida ter desejado tão intensamente ver e tocar em outras criaturas; pois, por mais que relutasse, nascia em sua mente um sufocante agouro de calamidade.

A praça, quando chegaram, estava toda cheia de vento e poeira, e as esguias árvores do jardim se debatiam contra a balaustrada. Poole, que pelo caminho todo se mantivera um ou dois passos à frente, agora parou no meio da calçada e, apesar do tempo inclemente, tirou o chapéu e secou a testa com um lenço vermelho que tirou do bolso. Apesar de toda a sua pressa, não eram os suores do esforço físico que ele secava, mas a umidade de alguma angústia sufocante — pois seu rosto estava branco e a voz, quando falou, dura e falhada.

— Bem, senhor — disse ele —, aqui estamos, e que Deus permita que não haja nada de errado.

— Amém, Poole — falou o advogado.

Então, o empregado bateu à porta com uma atitude muito reservada. A porta foi aberta com a corrente esticada e uma voz perguntou lá de dentro:

— É você, Poole?

— Está tudo bem — disse Poole. — Abra a porta.

O corredor, quando entraram, estava bem iluminado. O fogo da lareira estava alto e, em torno, o grupo de funcionários — homens e mulheres — estava amontoado como um rebanho de ovelhas. Ao ver o sr. Utterson, a empregada começou uma lamúria histérica; e a cozinheira, berrando "Benza Deus! É o sr. Utterson", lançou-se à frente como se para tomá-lo nos braços.

— O que foi, o que foi? Estão todos aqui? — falou o advogado, irritadiço. — Muito irregular, muito inadequado; seu mestre não gostaria nada.

— Todos estão com medo — explicou Poole.

Seguiu-se um silêncio vazio, sem ninguém protestar; apenas a empregada levantou a voz e agora chorava alto.

— Segure a língua! — disse Poole a ela com uma ferocidade que denunciava seus próprios nervos em frangalhos. De fato, quando a garota tão subitamente elevara o tom de seus lamentos, todos se assustaram e viraram-se para a porta interna com expressões de expectativa temerosa.

— E agora — continuou o mordomo, dirigindo-se ao criado —, traga-me uma vela, e vamos resolver isso imediatamente.

Então, pediu que o sr. Utterson o seguisse e foi até o jardim dos fundos.

— Agora, senhor — disse ele —, venha o mais gentilmente que conseguir. Quero que escute e não quero que seja escutado. E olhe aqui, senhor, se, por algum acaso, ele o convidar a entrar, não vá.

Os nervos do sr. Utterson, com essa inesperada condição, teve um sobressalto que quase o fez perder o equilíbrio. Mas ele recuperou sua coragem e entrou atrás do mordomo no prédio do laboratório, passando pela sala de operações, com seu amontoado de caixotes e garrafas, até o pé da escada. Ali, Poole fez um gesto para ele parar a um lado e ouvir, enquanto isso, ele colocou a vela no chão e, reunindo sua coragem, subiu os degraus e bateu, um tanto hesitante, na acolchoada porta vermelha do escritório.

— Senhor, o sr. Utterson está pedindo para vê-lo — chamou; e, enquanto fazia isso, gesticulou freneticamente para o advogado escutar.

Uma voz respondeu lá de dentro em tom de reclamação:

— Diga a ele que não posso ver ninguém.

— Obrigado, senhor — disse Poole, com um tom na voz que parecia triunfo. Então, pegou sua vela e levou o sr. Utterson de volta pelo quintal até a grande cozinha, onde a lareira estava apagada e os besouros saltitavam pelo chão. — Senhor — falou, olhando nos olhos do sr. Utterson —, era a voz do meu mestre?

— Parece muito mudada — respondeu o advogado, muito pálido, mas enfrentando o olhar dele.

— Mudada? Bem, sim, creio que sim — disse o mordomo. — Não trabalho há vinte anos na casa desse homem, para me enganar sobre a voz dele? Não, senhor. O mestre foi levado. Ele foi levado há oito dias, quando o escutamos gritar o nome de Deus; e quem quer que esteja ali no lugar dele, e o por que está lá, é algo que clama aos céus, sr. Utterson!

— É uma história muito estranha, Poole; é uma história insana, homem — disse o sr. Utterson, mordendo o dedo. — Supondo que seja como você diz, supondo que o dr. Jekyll tenha sido... bem, assassinado, o que induziria o assassino a ficar? Não tem fundamento racional. Não se sustenta.

— Bom, sr. Utterson, o senhor é um homem difícil de satisfazer, mas ainda vou conseguir — falou Poole. — Esta última semana inteira, o senhor precisa saber que ele, ou essa coisa, ou o que quer que seja que está morando naquele escritório, gritou noite e dia por algum tipo de remédio, mas não o conseguiu e não se acalma. Às vezes, ele (o mestre, quero dizer) tinha costume de escrever suas ordens numa folha de papel e jogar na escada. Nesta última semana, foi só o que tivemos: papéis e uma porta fechada, enquanto as próprias refeições ficavam largadas lá, sendo contrabandeadas para dentro quando ninguém estava olhando. Bem, senhor, todo dia, sim, de duas a três vezes no mesmo dia, houve ordens e reclamações, e fui enviado voando a todas as farmácias que vendem em atacado na cidade. Toda vez que eu trazia as coisas, havia outro papel me mandando devolver, porque não era puro; e mais uma ordem para ir a uma empresa diferente. Essa droga é amargamente desejada, senhor, para o que quer que seja.

— Você tem algum desses papéis? — perguntou o sr. Utterson.

Poole tateou em seu bolso e entregou um bilhete amarrotado, que o advogado, chegando mais perto da vela, examinou com cuidado. O conteúdo era o seguinte:

"Dr. Jekyll apresenta seus cumprimentos aos senhores Maw. Garante-lhes que sua última amostra é impura e bastante inútil para seu propósito presente. No ano de 18__, o dr. J. comprou uma quantidade relativamente grande dos senhores M. Agora, suplica-lhes que procurem com o mais zeloso cuidado e, caso ainda haja algo da mesma qualidade, encaminhem para ele de imediato. O custo não importa. Não é possível dimensionar a importância disso para o dr. J.".

Até ali, a carta fora redigida com compostura suficiente, mas, aqui, com um repentino arranhar da caneta, a emoção do escritor se libertava.

"Pelo amor de Deus", adicionara ele, "encontre-me um pouco da antiga".

— É um bilhete estranho — comentou o sr. Utterson; e, aí, bruscamente: — Como é que você a tem aberta?

— O homem da Maw ficou muito bravo, senhor, e jogou de volta em mim como se fosse lixo — retrucou Poole.

— Tem certeza que é mesmo a letra do médico? — continuou o advogado.

— Achei realmente parecida — disse o mordomo, contrariado; e, aí, com outra voz: — Mas que importa a caligrafia? Eu o vi!

— Você o viu? — repetiu o sr. Utterson. — E aí?

— Essa é a questão! — respondeu Poole. — Entrei de repente no laboratório, vindo do jardim. Parece que ele tinha saído rapidinho para procurar essa droga ou o que quer que seja; pois a porta do escritório estava aberta e lá estava ele, em uma das extremidades do cômodo, cavoucando entre os caixotes. Ele levantou os olhos quando entrei, deu uma espécie de grito e correu escada acima para o escritório. Eu o vi por apenas um minuto, mas os cabelos de minha nuca se arrepiaram como plumas. Senhor, se aquele era meu mestre, por que estava usando uma máscara? Se era meu mestre, por que ele gritou como um rato e fugiu de mim? Eu o sirvo há tempo o bastante. E, então... — O homem pausou e passou a mão pelo rosto.

— São circunstâncias muito estranhas — concordou o sr. Utterson —, mas acho que começo a compreender. Seu mestre, Poole, está claramente acometido por uma daquelas enfermidades que torturam e deformam quem delas sofre; daí, até onde sei, vem a alteração da voz dele, a máscara e até o afastamento dos amigos. Daí também seu desespero para encontrar a droga, com a qual o pobre homem tem alguma esperança de enfim se recuperar. Que Deus conceda que ele não esteja enganado! Essa é minha conclusão. É bastante triste, sim, Poole, e aterradora para se considerar; mas é simples e natural, faz sentido e nos livra de maiores preocupações.

— Senhor — disse o mordomo, com o rosto pálido e sarapintado —, aquela coisa não é meu mestre. Essa é a verdade. Meu mestre — aqui, ele olhou ao redor e começou a sussurrar — é um homem alto, robusto, e esse parecia mais um anão.

Utterson tentou protestar.

— Ah, senhor — gritou Poole —, acha que não conheço meu mestre depois de vinte anos? Acha que não sei onde alcança a cabeça dele na porta do escritório, onde o vi a cada manhã de minha vida? Não, senhor, aquela coisa de máscara nunca foi o dr. Jekyll. Só Deus sabe o que era, mas nunca foi o dr. Jekyll; e acredito de verdade que houve um assassinato.

— Poole — respondeu o advogado —, se diz isso, será meu dever certificar-me. Por mais que eu deseje poupar os sentimentos de seu mestre, por mais que esteja perplexo com esse bilhete que parece provar que ele ainda está vivo, devo considerar meu dever e arrombar aquela porta.

— Ah, sr. Utterson, agora sim! — gritou o mordomo.

— E, agora, vem a segunda questão — continuou Utterson —: quem vai fazer isso?

— Ora, eu e você — foi a resposta audaciosa.

— Muito bem dito — retrucou o advogado — e, aconteça o que acontecer, vou garantir que você não saia prejudicado.

— Há um machado no laboratório — continuou Poole —, e você pode ficar com o atiçador do fogão.

O advogado pegou o instrumento rudimentar, mas pesado, e o equilibrou.

— Você compreende, Poole — disse, sem erguer os olhos — que eu e você estamos prestes a nos colocar em uma posição relativamente perigosa?

— Pode dizer isso mesmo, senhor — devolveu o mordomo.

— Então, é bom que sejamos francos. Nós dois teorizamos mais do que dissemos; agora vamos esclarecer tudo. A figura mascarada que viu, você a reconheceu?

— Bem, senhor, foi tão rápido, e a criatura estava tão encurvada, que não posso afirmar — foi a resposta. — Mas quer saber se era o sr. Hyde? Bem... sim, acho que era! Veja: era do mesmo tamanho e tinha a mesma rapidez e leveza; e, também, quem mais poderia ter entrado por aquela porta do laboratório? O senhor não esqueceu, não é? Na época do assassinato, ele ainda tinha a chave. Mas não é só isso. Não sei, sr. Utterson, se chegou a conhecer esse sr. Hyde...?

— Sim — respondeu o advogado. — Falei com ele uma vez.

— Então, deve saber tão bem quanto o resto de nós que havia algo esquisito naquele cavalheiro, algo que causava suspeita. Não sei bem como dizer, senhor, exceto assim: que se sentia um frio na medula.

— Acho que senti algo do que você descreve — concordou o sr. Utterson.

— Sem dúvida, senhor — devolve Poole. — Bem, quando aquela coisa mascarada pulou que nem um macaco do meio dos produtos químicos e voou para dentro do escritório, aquilo correu pela minha espinha como gelo. Ah, eu sei que isso não é prova, sr. Utterson. Sou culto o suficiente para saber disso; mas um homem tem seus instintos, e juro sobre a Bíblia que era o sr. Hyde!

— Sim, sim — disse o advogado. — Meus medos se inclinam ao mesmo ponto. Sempre temi que algo de nefasto viesse daquela relação. Sim, realmente acredito em você. Acredito que o pobre Harry tenha sido morto e que seu assassino (por qual motivo, só Deus poderá saber) ainda esteja espreitando no escritório da vítima. Bem, que sejamos a vingança. Chame Bradshaw.

Ao ser convocado, o lacaio veio, muito pálido e nervoso.

— Controle-se, Bradshaw — disse o advogado. — Esse suspense, eu sei, está pesando sobre todos vocês; mas nossa intenção agora é acabar com isso. Poole e eu vamos entrar à força no escritório. Se tudo estiver bem, meus ombros são largos o bastante para arcar com a responsabilidade. Porém, caso não esteja, você e o garoto devem estar preparados: se armem com um par de bons bastões e fiquem a postos na porta do laboratório, caso algum malfeitor tente escapar pelos fundos. Daremos dez minutos para entrarem na posição.

Quando Bradshaw saiu, o advogado olhou seu relógio.

— E agora, Poole, é nossa vez — disse ele e, colocando o atiçador embaixo do braço, tomou a dianteira pelo quintal.

As nuvens leves arrastadas pelo vento cobriam a lua e estava bem escuro. O vento, que invadia em pequenos sopros e correntes de ar aquele pequeno poço do prédio, fazia a chama da vela tremular para frente e para trás com os passos deles até chegarem ao abrigo do laboratório, onde se sentaram em silêncio para esperar. Londres zumbia solenemente ao redor; mas, próximo a eles, a imobilidade só era quebrada pelos sons de passos indo para lá e para cá em frente à porta do escritório.

— Ele fica andando assim o dia todo, senhor — cochichou Poole —, e durante a maior parte da noite. Só quando chega uma nova amostra da farmácia é que há uma pequena pausa. Ah, a consciência pesada é sua maior inimiga e o impede de descansar! Mas preste atenção de novo, um pouco mais de perto. Ouça com o coração, sr. Utterson, e diga: são os passos do doutor?

Os passos soavam de forma leve e esquisita, com certo balanço, apesar de serem tão lentos; era mesmo diferente do andar pesado de Henry Jekyll, que fazia o piso ranger. Utterson suspirou.

— Não acontece mais nada? — perguntou ele.

Poole fez que sim com a cabeça.

— Uma vez — disse ele. — Uma vez, eu escutei choro!

— Choro? Como assim? — disse o advogado, sentindo um repentino arrepio de horror.

— Choro parece de uma mulher ou de uma alma perdida — explicou o mordomo. — Fiquei com isso no coração, e podia ter chorado também.

Mas então os dez minutos terminaram. Poole desenterrou o machado dessoterrado por uma pilha de palha e a vela foi apoiada na mesa mais próxima para iluminar o ataque. Eles se aproximaram, segurando a respiração, até onde os pés do moribundo ainda iam para lá e para cá, para lá e para cá, no silêncio da noite.

— Jekyll — chamou Utterson em voz alta —, exijo vê-lo. — Ele pausou um momento, mas não houve resposta. — Estou dando um aviso. Nossas suspeitas estão fortes e eu preciso e *vou* vê-lo, se não por bem, então por mal! Se não com seu consentimento, então, por força bruta!

— Utterson — falou a voz —, pelo amor de Deus, tenha piedade!

— Ah, essa não é a voz de Jekyll. É de Hyde! — gritou Utterson. — Derrube a porta, Poole!

Poole balançou o machado por cima do ombro. O golpe fez o prédio chacoalhar, e a porta de baeta vermelha saltou da fechadura e das dobradiças. Um guincho lúgubre, de terror animalesco, soou do escritório. Lá foi o machado de novo, e de novo os painéis se abriram e a moldura saltou. Golpeou quatro vezes, mas a madeira era dura e as ferragens, de excelente qualidade. Foi apenas com o quinto que a fechadura estourou e se abriu, e as ruínas da porta caíram para dentro, no carpete.

Os sitiantes, chocados com sua própria rebelião e a quietude que se seguiu, deram um passinho para trás e espiaram lá dentro. Lá estava o escritório, diante de seus olhos, à luz fraca do lampião: um bom fogo brilhando e crepitando na lareira, a chaleira chiando sua pressão fina; uma ou duas gavetas abertas, papéis organizados na escrivaninha; e, mais perto do fogo, as coisas dispostas para o chá. Poderia se dizer que era a mais tranquila das salas, e, se não fosse os armários envidraçados cheios de substâncias químicas, seria também o lugar mais comum sob aquela noite londrina.

Bem no meio, estava o corpo de um homem dolorosamente contorcido e convulsionando. Eles se aproximaram na ponta dos pés, viraram-no de costas e encararam o rosto de Edward Hyde. Estava vestido com roupas grandes demais para si, roupas do médico; os músculos de seu rosto ainda se mexiam com o aspecto de vida, mas a vida já se fora. Pelo pequeno frasco esmagado na mão dele e o cheiro forte de amêndoas no ar,[4] Utterson soube que estava diante do corpo de um homem que se autodestruíra.

— Chegamos tarde demais — disse, sério —, seja para salvar ou para punir. Hyde foi-se para prestar suas contas; e, a nós, só resta encontrar o corpo de seu mestre.

De longe, a maior parte da construção era ocupada pela sala de operação, que preenchia quase todo o térreo e era iluminada de cima, e pelo escritório, que formava um andar superior em uma ponta e dava vista para o pátio. Um corredor ligava a sala de operação à porta na travessa; e, com ele, o escritório se comunicava separadamente por um segundo lance de escadas. Havia, além disso, alguns armários escuros

---

4. Amêndoas são fonte de cianeto, um composto químico tóxico ao ser humano. [N. T.]

e uma adega espaçosa. Tudo isso agora era minuciosamente examinado. Cada armário só exigia um relance, pois todos estavam vazios, e todos, pela poeira que caía de suas portas, estavam há muito tempo fechados. A adega, de fato, estava cheia de tralhas velhas, a maioria datando da época do cirurgião que fora predecessor de Jekyll; mas já ao abrir a porta, foram advertidos da inutilidade em investigar mais por ali por conta de uma perfeita coberta de teia de aranha que há anos selava a entrada.

Não havia, em lugar algum, rastros de Henry Jekyll, vivo ou morto.

Poole bateu nos ladrilhos do corredor.

— Ele deve estar enterrado aqui — disse, prestando atenção ao som.

— Ou pode ter fugido — falou Utterson, e virou-se para examinar a porta na travessa. Estava trancada; e, lá perto, caída nos ladrilhos, encontraram a chave já manchada de ferrugem.

— Parece usada — observou o advogado.

— Usada! — ecoou Poole. — Não vê, senhor, que está quebrada? Como se um homem a houvesse pisoteado.

— Sim — continuou Utterson —, e as fraturas também estão enferrujadas.

Os dois homens se olharam assustados.

— Não consigo entender, Poole — comentou o advogado. — Vamos voltar ao escritório.

Eles subiram a escada em silêncio e, ainda com um olhar assombrado ao cadáver, passaram a examinar mais atentamente o conteúdo do cômodo. Em uma mesa, havia traços de trabalho químico: várias pilhas medidas de algum sal branco sendo dispostas em pires de vidro, como se para um experimento que o infeliz homem tivesse sido impedido de continuar.

— É a mesma droga que eu vivia trazendo a ele — comentou Poole e, enquanto falava, a chaleira transbordou fazendo um barulho assustador.

Isso os fez ir até a lareira, onde a poltrona estava confortavelmente colocada, e as coisas do chá estavam prontas ao lado do cotovelo de quem se sentasse, incluindo o açúcar na xícara. Havia vários livros em uma prateleira; um estava aberto ao lado dos utensílios do chá, e Utterson ficou surpreso em encontrar o exemplar de uma obra religiosa, pela qual Jekyll várias vezes expressara grande estima, repleto de anotações com blasfêmias espantosas em sua caligrafia.

Depois de revistar a câmara, os investigadores chegaram ao espelho de Cheval, em cujo reflexo olharam com um horror involuntário. Mas estava virado de forma a mostrar-lhes apenas o brilho rosado bruxuleando no teto, o fogo reluzindo em centenas de repetições na frente dos vidros dos armários, e suas próprias feições pálidas e temerosas se debruçando para olhar.

— Esse espelho viu coisas estranhas, senhor — sussurrou Poole.

— E com certeza nada mais estranho que ele mesmo — ecoou o advogado no mesmo tom. — Pois o que Jekyll — Ele parou ao dizer a palavra, assustado, e aí dominou a fraqueza —, o que Jekyll podia querer com isso?

— Isso é bem verdade! — falou Poole.

Então, viraram-se para a escrivaninha. Nela, em meio à pilha organizada de papéis, havia um envelope em destaque, com o nome do sr. Utterson na letra do médico. O advogado abriu o selo e vários envelopes menores caíram ao chão. O primeiro era um testamento, escrito nos mesmos termos excêntricos que aquele devolvido seis meses antes, para ser usado em caso de morte e como escritura de doação em caso de desaparecimento; mas, no lugar do nome de Edward Hyde, o advogado, com perplexidade indescritível, leu o nome de Gabriel John Utterson. Ele olhou para Poole, depois de volta para o papel, e, por fim, para o malfeitor morto estendido no carpete.

— Minha cabeça está girando — disse. — Ele estava todos esses dias possuído por alguém que não tinha motivo para gostar de mim. Na verdade, que devia até ter se enfurecido por ser substituído por mim... ainda assim, não destruiu este documento...

Ele pegou o papel seguinte: era um breve bilhete na letra do médico, com a data no topo.

— Ah, Poole! — gritou o advogado. — Ele ainda estava vivo e aqui no dia de hoje. Ele não pode ter sido eliminado em um espaço de tempo tão curto. Ainda deve estar vivo, deve ter fugido! Mas por que fugir? E como? E, nesse caso, podemos ousar declarar que isso foi um suicídio? Ah, temos de ter cuidado. Prevejo que ainda podemos envolver seu mestre em alguma catástrofe dramática.

— Por que não lê, senhor? — perguntou Poole.

— Porque tenho medo — respondeu o advogado solenemente. — Deus permita que não haja motivo para isso! — E, assim, ele levou o papel aos olhos e leu o seguinte:

"MEU CARO UTTERSON,

Quando isto cair em suas mãos, terei desaparecido, sob quais circunstâncias, não tenho o poder de prever, mas meu instinto e todas as circunstâncias de minha situação inominável me dizem que o fim é certo e deve estar chegando. Vá, então, e primeiro leia e narrativa que Lanyon me alertou que ia colocar em suas mãos; e, se quiser saber mais, volte à confissão de seu amigo indigno e infeliz,

HENRY JEKYLL."

— Havia um terceiro envelope? — perguntou Utterson.

— Aqui, senhor — disse Poole, e colocou nas mãos dele um pacote considerável, selado em vários lugares.

O advogado pôs no bolso.

— Eu não diria nada sobre este papel. Se seu mestre tiver fugido ou estiver morto, podemos pelo menos salvar a dignidade dele. Agora são dez horas. Devo voltar para casa e ler esses documentos em silêncio, mas retornarei antes da meia-noite e chamaremos a polícia.

Eles saíram, trancando a porta do laboratório atrás de si e Utterson, mais uma vez deixando os funcionários reunidos ao redor da lareira no corredor, voltou ao seu escritório para ler as duas narrativas nas quais aquele mistério agora seria explicado.

A NARRATIVA DO DR. LANYON

Em 9 de janeiro, agora há quatro dias, recebi no correio noturno um envelope registrado, endereçado na letra de meu amigo e antigo colega de faculdade, Henry Jekyll. Fiquei bastante surpreso com isso; pois de forma nenhuma tínhamos hábito de nos correspondermos. Eu tinha visto o homem, jantado com ele, aliás, na noite anterior; e não podia imaginar nada em nossa conversa que justificasse uma formalidade de registro. O conteúdo aumentou minha perplexidade, pois era isto que a carta dizia:

"10 de dezembro de 18__

"CARO LANYON,

"Você é um de meus amigos mais antigos, e, embora tenhamos divergido por vezes em questões científicas, não me lembro, pelo menos de meu lado, de qualquer quebra em nosso afeto. Nunca houve um dia em que, se você me dissesse: 'Jekyll, minha vida, minha honra, minha razão dependem de você', eu não teria sacrificado minha mão esquerda para ajudá-lo. Lanyon, minha vida, minha honra, minha razão estão todas à sua mercê; se me falhar hoje à noite, estou perdido. Você talvez suponha, por este início, que eu vá pedir algo desonroso. Julgue por si mesmo.

"Quero que adie todos os seus outros compromissos da noite — sim, mesmo que seja convocado ao leito de um imperador — e peça uma carruagem, a não ser que a sua já esteja à porta; e, com esta carta em mãos, dirija-se até minha casa. Poole, meu mordomo, tem ordens de esperá-lo e você o encontrará com um chaveiro. A porta de meu escritório deve ser arrombada. Você deve entrar sozinho e abrir o armário envidraçado (letra E) da esquerda — quebre a fechadura se estiver trancado. De lá tire, com todo o conteúdo como está, a quarta gaveta de cima para baixo ou (o que dá no mesmo) a terceira de baixo para cima. Em minha extrema perturbação, tenho um medo mórbido de lhe dar uma instrução equivocada; mas, mesmo se eu estiver errado, você saberá qual é a gaveta correta pelo conteúdo: alguns pós, um frasco e um caderno. Imploro que carregue consigo essa gaveta até a praça Cavendish exatamente como ela está.

"Essa é a primeira parte do serviço; agora, vamos à segunda. Você deve estar de volta, se for imediatamente ao receber isto, bem antes da meia-noite; mas eu lhe deixarei essa margem, não por medo de um obstáculo imprevisto e inevitável, mas porque é melhor que essa parte seja feita numa hora em que seus empregados estejam dormindo. À meia-noite, então, preciso que você esteja sozinho em seu consultório, para receber pessoalmente um homem que se apresentará em meu nome e entregar a ele a gaveta que trouxer de meu escritório. Apenas isso, e você terá minha completa gratidão. Cinco minutos depois, se insistir em uma explicação, compreenderá que esses arranjos são de crucial importância; e que, negligenciando mesmo que um deles, por mais excêntrico que possa parecer, você terá sobrecarregado sua consciência com minha morte ou o naufrágio de minha razão.

"Por mais confiante que eu esteja de que você não vai desprezar o apelo, meu coração pesa e a mão treme só de pensar nessa possibilidade. Pense em mim neste momento, em um lugar estranho, trabalhando sob um lúgubre sofrimento que excentricidade nenhuma pode exagerar, e, ainda assim ciente de que, se você me ajudar neste momento, meus problemas acabarão como se fosse apenas uma história num livro. Ajude-me, meu caro Lanyon, e salve

"SEU AMIGO, H. J.

"P. S.: Já selei isto com um novo terror em minha alma. É possível que o correio falhe comigo e esta carta só chegue a você amanhã de manhã. Neste caso, caro Lanyon, cumpra o pedido quando lhe for mais conveniente durante o dia e, novamente, espere meu mensageiro à meia-noite. Talvez já seja tarde demais. Se à noite terminar sem qualquer notícia minha, saberá que nunca mais verá Henry Jekyll."

Ao ler essa carta, tive certeza de que meu colega havia enlouquecido; mas, até isso ser provado sem sombra de dúvidas, senti-me obrigado a fazer o que ele pedia. Por mais que não compreendesse nada dessa confusão, também não tinha nenhum direito de julgar sua importância e não poderia desconsiderar com tanta irresponsabilidade um apelo de tal natureza. Levantei-me, então, da mesa, entrei em um cabriolé e fui direto para a casa de Jekyll. O mordomo estava esperando minha chegada; ele havia recebido, da mesma forma que eu, uma carta registrada com instruções e, na mesma hora, mandara buscar um chaveiro e um carpinteiro.

Os homens chegaram enquanto estávamos conversando e então fomos em grupo ao velho centro cirúrgico do dr. Denman, entrada mais conveniente ao escritório particular de Jekyll (como você, sem dúvida, sabe). A porta era muito forte, e a fechadura, excelente. O carpinteiro alegou que seria bastante difícil e causaria muitos danos se precisasse usar a força. O chaveiro estava prestes a se desesperar, mas depois de duas horas de trabalho, a porta foi aberta. O armário marcado com E estava destrancado. Tirei a gaveta, enchi de palha, cobri com um tecido e voltei à praça Cavendish.

Lá, passei a examinar o conteúdo. Os pós estavam organizados o bastante, mas não com o cuidado de um farmacêutico responsável; então, ficou óbvio que eram fabricação particular de Jekyll. Quando abri um dos embrulhos, achei o que me parecia um simples sal cristalino de cor branca. O frasco, para o qual voltei depois minha atenção, não devia estar nem pela metade com um licor vermelho-sangue, de odor muito pungente; também parecia conter fósforo e algum éter volátil. Os outros ingredientes, não consegui adivinhar o que eram. O caderno era um de tipo comum e continha pouco mais que uma série de datas. Elas cobriam muitos anos, mas observei que as entradas cessavam há quase um ano, de forma bastante abrupta. Aqui e ali, havia um curto comentário acrescentado a uma data, geralmente com uma única palavra: "duplo". Ocorria talvez seis vezes em um total de várias centenas de entradas. E, uma única vez, bem no início da lista e seguido por vários pontos de exclamação, estava: "fracasso total!!!".

Tudo isso, embora atiçasse minha curiosidade, me dava poucas informações definitivas. Aqui estavam um frasco com algum tipo de infusão, um papel com algum sal e o registro de uma série de experimentos que haviam levado (como muitas das pesquisas de Jekyll) a um grande nada com nenhuma utilidade prática. Como a presença desses artigos em minha casa afetaria a honra, a sanidade ou a vida do meu volúvel colega? Se o mensageiro dele podia ir a um lugar, por que não a outro? E, mesmo considerando algum impedimento, por que esse cavalheiro precisava ser recebido por mim em segredo? Quanto mais eu refletia, mais convencido ficava de estar lidando com um caso de doença cerebral: e, embora tenha dispensado meus criados para irem deitar-se, carreguei um antigo revólver apenas para o caso de precisar me defender.

A meia-noite mal havia soado em Londres quando a aldrava da porta soou muito suavemente. Fui eu mesmo atender e encontrei um homem pequeno agachado, apoiando-se nos pilares do pórtico.

— Você vem em nome do dr. Jekyll? — perguntei.

Ele me disse que "sim" com um gesto contido. Quando o convidei a entrar, ele só me obedeceu depois de olhar para trás, analisando a escuridão da praça. Não muito distante, passava um policial vigilante com sua lanterna. Creio que meu visitante se assustou com isso, pois se apressou para dentro.

Esses detalhes, confesso, me alarmaram um pouco. Enquanto o seguia para a claridade do consultório, mantive a mão pronta na arma. Aqui, enfim, tive uma chance de vê-lo claramente. Nunca antes tinha posto os olhos nele, disso eu tinha certeza. Ele era pequeno, como falei. Além disso, me chamou atenção a expressão em seu rosto: uma combinação única de intensa atividade muscular e, tão intensa quanto, aparente debilidade física; por último, mas não menos importante, a estranha perturbação que sua presença provocou em meu íntimo. — como um regelar mortal com queda da pulsação. Na hora, atribuí a algum mal-estar pessoal e fisiológico, e pensei apenas na intensidade dos sintomas. Mas, desde então, tive motivos para acreditar que a causa era bem mais profunda, de natureza intrinsecamente humana, uma questão basilar mais nobre do que o princípio do ódio.

Essa pessoa (que, desde o momento em que adentrou em minha casa, me provocou o que só posso descrever como uma curiosidade enojada) estava vestida de um modo que deixaria qualquer pessoa ridícula. Quero dizer, suas roupas, embora fossem de um tecido caro e distinto, eram enormes para ele em todos os sentidos — as calças ficavam penduradas nas pernas e estavam com a barra enrolada para não arrastar no chão; a cintura do casaco caía embaixo dos quadris e o colarinho se espalhava amplo, além dos ombros. É estranho ao contar, mas esses trajes ridículos nem de longe me provocaram riso. Em vez disso, como havia algo anormal e abjeto na essência da criatura que me olhava — um tanto torturada, surpresa e revoltada —, essa nova disparidade parecia se encaixar e reforçar minha impressão. Desse modo, ao meu interesse sobre a natureza e personalidade desse homem, foi adicionada uma curiosidade quanto a sua origem, sua vida, seu destino e status no mundo.

Tais observações, embora tenham levado certo tempo para se assentar, ainda foram obra de alguns segundos. Meu visitante estava inflamado por sombrio frenesi.

— Está com você? — clamou ele. — Está com você?

E sua impaciência era tão exaltada que chegou a colocar a mão no meu braço e tentar me chacoalhar.

Eu o afastei, sentindo, com o toque dele, uma dor gelada em meu sangue.

— Por favor, senhor — falei. — Está esquecendo que ainda não tive o prazer de lhe ser apresentado.

Dando o exemplo, sentei-me em minha cadeira habitual e conjurei a melhor imitação da atitude profissional adotada com um paciente tardio que fui capaz, dada a natureza de minhas preocupações e o horror que o visitante me provocava.

— Perdão, dr. Lanyon — respondeu ele, com bastante civilidade. — O que diz é bem justificado. Minha impaciência ganhou a melhor sobre a educação. Vim aqui a pedido de seu colega, dr. Henry Jekyll, para falar de uma questão de certa urgência; e entendi... — Ele pausou, colocando a mão no pescoço, e vi, apesar do comportamento controlado, que estava lutando contra a histeria que se aproximava. — Entendi que uma gaveta...

Mas, aqui, tive pena do suspense de meu visitante e agi, talvez, sobre minha crescente curiosidade.

— Aqui está, senhor — falei, apontando para a gaveta, apoiada no chão atrás de uma mesa e ainda coberta com o tecido.

Ele deu um salto até lá e aí parou, colocando a mão sobre coração. Eu ouvia seus dentes batendo com a ação convulsiva de suas mandíbulas e seu rosto estava tão pálido que fiquei alarmado tanto por sua vida quanto por sua razão.

— Controle-se — falei.

Ele me deu um sorriso terrível e, como se com num impulso de desespero, agarrou a gaveta. Ao ver o conteúdo, soluçou alto tão imenso alívio que fiquei petrificado. E, no momento seguinte, com uma voz já razoavelmente controlada, falou:

— Você tem um copo medidor?

Levantei-me com algum esforço e dei-lhe o que pedia.

Ele me agradeceu com um aceno de cabeça sorridente, mediu algumas gotas da tintura vermelha e adicionou um dos pós. A mistura, a princípio avermelhada, à medida que os cristais derretiam, começou a clarear e efervescer audivelmente, soltando alguns vapores. De repente e no mesmo momento, a ebulição cessou e o composto passou para roxo-escuro; então, desbotando de novo e mais devagar, chegou a um verde aguado.

Meu visitante, que observara essas metamorfoses com um olhar afiado, sorriu e apoiou o copo na mesa, então se virou e me encarou com ar de escrutínio.

— E agora — falou —, vamos resolver o que falta. O senhor fará o mais sábio? Seguirá o que lhe foi instruído? Permitirá que eu leve este copo de sua casa sem mais questionamentos? Ou a ambição da curiosidade o dominou? Pense antes de responder, pois será como o senhor decidir. Conforme escolher, o senhor será deixado como antes, nem mais rico, nem mais sábio, a não ser que o senso de um serviço prestado a um homem em sofrimento mortal possa contar como uma espécie de riqueza da alma. Mas se preferir uma nova área de conhecimento e novos caminhos para a fama e poder, estes lhe serão revelados aqui, no mesmo instante; e sua visão será amaldiçoada por um paradigma que abalaria as crenças do próprio Satanás.

— Senhor — falei, fingindo uma tranquilidade que estava longe de possuir —, o senhor fala em enigmas e talvez não se surpreenda por eu escutá-lo sem muita confiança. Mas fui longe demais nesses serviços inexplicáveis para parar antes de ver o fim.

— Muito bem — respondeu meu visitante. — Lanyon, lembre-se de seu juramento: o que acontecer a partir de agora está sob o sigilo de nossa profissão. Agora, você, há tanto tempo preso às visões mais estreitas e materiais; você, que negou a virtude da medicina transcendental; você, que desdenhou de seus superiores... Veja!

Ele levou o copo aos lábios e bebeu de um gole só. Seguiu-se um grito. Ele deu um solavanco para trás, cambaleou, agarrou a mesa e se segurou, encarando com olhos injetados, arfando com a boca aberta. E, enquanto eu observava, sucedeu, creio, uma mudança: ele pareceu inchar e seu rosto de repente ficou negro; as feições pareceram derreter e alterar-se. No momento seguinte, fiquei de pé num salto, apoiando as costas na parede, o braço levantado para me proteger daquele prodígio, minha mente afogada em terror.

— Ah, Deus! — gritei, e foi "ah, Deus!" sem parar.

Pois, diante de meus olhos — pálido e abalado, quase desmaiando, tateando diante de si como um homem ressuscitado — estava Henry Jekyll!

O que ele me contou na hora seguinte, não consigo obrigar minha mente a colocar no papel. Vi o que vi, escutei o que escutei, e isso deixou minha alma doente. Agora, quando tal visão desbotou de meus olhos, pergunto-me se acredito, mas não consigo responder. Minha vida foi abalada em suas bases. O sono me abandonou e o mais mortal dos terrores me acompanha a todas as horas do dia e da noite. Sinto que meus dias estão contados e que irei morrer. Ainda assim, morrerei incrédulo. Quando à repugnância moral que aquele homem me revelou, mesmo com lágrimas de penitência, não consigo, nem em memória, pensar no assunto sem um choque de horror. Direi apenas uma coisa, Utterson, e isso (se conseguir dar algum crédito) será mais do que o suficiente.

A criatura que entrou na minha casa naquela noite era, segundo confissão do próprio Jekyll, conhecida pelo nome de Hyde e caçada em cada canto da terra como assassino de Carew.

HASTIE LANYON.

O DEPOIMENTO COMPLETO DE HENRY JEKYLL SOBRE O CASO

Nasci no ano de 18__ com uma grande fortuna e dotado de excelente constituição física, inclinado por natureza ao trabalho, gozando do respeito dos melhores e mais sábios entre meus iguais — sendo assim, com garantias de um futuro honroso e distinto. A pior de minhas falhas era a euforia exultante, que divertia a muitos, mas que a mim era difícil conciliar com meu imperioso desejo de andar de cabeça erguida e aparentar o semblante digno e sério em público. Portanto, eu costumava esconder meus sentimentos e o que me trazia alegria, e, quando cheguei a certa idade e fui refletir, avaliando o que já havia conquistado em tal estágio da vida, me vi profundamente enredado numa vida dupla.

Para muitos homens, as irregularidades que cometi seriam motivo de orgulho e provavelmente as ostentariam como troféus. Mas, no patamar em que eu me colocara, as via como vergonhosas e as escondia como a pior das degradações. Era, portanto, mais a natureza exigente de minhas aspirações vaidosas do que propriamente um defeito moral abjeto que fazia de mim quem eu era e criava um abismo ainda maior entre mim e meus semelhantes — isolando-me naquela zona dúbia de bem e mal que compõe a natureza humana.

Sendo assim, fui obrigado a refletir profunda e obsessivamente sobre aquela dura lei da vida que está na raiz da religião e é uma das mais intensas fontes de sofrimento. Embora vivesse uma vida dupla, eu não era, de forma alguma, hipócrita: ambos os meus lados eram absolutamente sinceros. Eu não era mais eu mesmo quando abandonava os pudores e mergulhava na desonra do que quando trabalhava, à luz do dia, para avançar a ciência e aliviar as dores e sofrimentos dos pacientes.

E, por acaso, aconteceu de meus estudos científicos — que iam inteiramente para uma vertente mística e transcendental — progredirem e lançar uma forte luz sobre essa consciência da guerra infindável entre minhas partes. Assim, dia após dia, usando de minha inteligência e moral, busquei continuamente essa verdade, cuja descoberta incompleta me condenou a uma desoladora frustração: o homem não é somente um, mas dois. Digo dois porque meu estágio atual de conhecimento não vai além desse ponto. Outros virão e me ultrapassarão nessas mesmas hipóteses. Ouso chutar, até, que o homem será conhecido apenas como um corpo composto por cidadãos múltiplos, diversos, incongruentes e independentes.

Quanto a mim, e por minha própria natureza, apenas segui adiante, obsessivamente. Aprendi a reconhecer em mim mesmo a dualidade moral e primitiva intrínseca aos homens. Percebi que as duas naturezas que se digladiavam no campo de minha consciência eram minhas, porque ambas faziam parte de minha essência. E, desde o princípio, mesmo antes de minhas descobertas científicas darem qualquer indício da possibilidade desse milagre, eu já sonhava acordado, tremendo de prazer, com o pensamento de separar esses elementos. Dizia a mim mesmo que, se cada um pudesse habitar identidades separadas, a vida seria bem mais suportável; o perverso, poderia seguir seu caminho livre das aspirações e remorsos de seu gêmeo íntegro; e o íntegro poderia seguir em segurança seu caminho ascendente de cabeça erguida, realizando as boas ações em que encontrava prazer sem mais se expor às desgraças e arrependimentos trazidos pela mão desse perverso desconhecido. A maldição da humanidade consiste nesses dois polos incongruentes estarem intimamente entrelaçados no útero agonizante da consciência, numa contínua luta, como gêmeos opostos. Como, então, separá-los?

Como já disse, estava imerso em minhas reflexões quando, da mesa do laboratório, uma fagulha de luz começou a iluminar meu horizonte. Passei a perceber, de forma cada vez mais profunda, como jamais poderia imaginar, a trêmula imaterialidade, a efemeridade inconstante deste corpo de aparência tão sólida no qual estamos vestidos. Descobri certos agentes que tinham o poder de abalar e alterar essa vestimenta de carne, assim como o vento sacode as cortinas de um santuário. Por dois bons motivos, não me aprofundarei nesse ramo científico de minha confissão. Primeiro, porque fui obrigado a aprender que estamos intrinsecamente ligados a maldição e a carga de nossas vidas, e quando tentamos nos livrar desse peso, ele não apenas retorna, como vem ainda mais pesado e terrível. Segundo, porque — como minha narrativa infelizmente tornará bem óbvio — minhas descobertas foram incompletas. É suficiente dizer, então, que não apenas fui capaz de separar meu corpo físico de certas atribuições que formam meu espírito, como também consegui criar uma droga com a qual esses atributos seriam destronados de sua supremacia, substituídos por outra forma e aparência, não tão estranhas para mim — eram a autêntica manifestação dos elementos mais vis de minha alma.

Hesitei muito tempo antes de testar essa teoria. Estava bastante ciente do risco de morte — pois qualquer droga tão potente ao ponto de abalar as bases da própria identidade podia, com um pequeno exagero na dose ou um pouco de azar, destruir completamente o corpo imaterial que eu queria transformar. Mas a tentação de uma descoberta tão singular e especial, enfim superou os alarmes internos. Há tempos já tinha preparado minha infusão e comprado, em grande quantidade numa farmácia atacadista, um sal especial que eu sabia, por meus experimentos, ser o último ingrediente necessário. Então, muito tarde numa noite amaldiçoada, misturei os elementos; observei-os ferver e soltar fumaça no copo e, quando a ebulição se acalmou, num impulso de coragem, bebi a poção.

Seguiram-se daí as dores mais violentas: uma moagem dos ossos, uma náusea mortal e um horror da alma que nem a hora do nascimento ou da morte podem superar. Então, essas agonias rapidamente começaram a ceder, e voltei a mim como quem se recupera de uma grave doença. Havia algo estranho em minhas sensações, algo indescritivelmente novo e, por sua própria novidade, incrivelmente doce. Eu me sentia mais jovem, mais leve, mais feliz em mim mesmo. Internamente, sentia uma imprudência perigosa, um fluxo de imagens sensuais se cruzava por minha mente, dissolvendo as correntes que me atavam às minhas obrigações e me entregando a uma liberdade desconhecida mas não inocente. No primeiro fôlego nessa nova vida, me vi mais perverso — dez vezes mais perverso — vendido como escravo à minha maldade original. E esse pensamento, naquele instante, me fortaleceu e deleitou como vinho. Estendi as mãos, exultante com o frescor dessas sensações e, com isso, de repente percebi que havia perdido estatura.

Naquela época, não havia espelho em minha sala; o que está ao meu lado enquanto escrevo foi trazido depois, justamente por causa das transformações. Fazia tempo que a noite havia virado madruga e os empregados estavam imersos no mais profundo dos sonos; por isso decidi, transbordando de expectativa e triunfo, aventurar-me em minha nova forma até meu quarto. Atravessei o quintal, onde as constelações me observavam do alto, pensando, maravilhadas, que era a primeira criatura daquela natureza que sua vigilância incansável já encontrara. Andei furtivo pelos corredores, como um estranho em minha própria casa, e, chegando ao meu quarto, vi pela primeira vez a aparência de Edward Hyde.

Aqui, devo falar apenas em teoria, dizendo não o que sei, mas o que suponho ser o mais provável. O lado mau de minha natureza, ao qual agora eu havia transferido a permissão de pisar no mundo, era menos robusto e menos desenvolvido que o lado bom que eu acabara de depor. Afinal, minha vida tinha sido noventa por cento gasta em esforço, virtude e autocontrole, enquanto ele fora menos exercitado e desgastado. Atribuo a isso o fato de Edward Hyde ser tão menor, mais magro e jovem que Henry Jekyll. Tal como o bem brilhava no semblante de um, o mal estava estampado claramente no rosto do outro. Além disso, o mal (que ainda creio ser o lado letal do homem) deixara naquele corpo uma marca de deformidade e decadência.

Ainda assim, quando encarei aquela feia imagem no espelho, não senti qualquer repugnância, mas sim um genuíno acolhimento. Esse também era eu. Parecia natural e humano. Aos meus olhos, tinha uma imagem mais viva do espírito, parecia mais expressivo e único do que a fisionomia imperfeita e dividida que até então eu estava acostumado a chamar de minha. E, nisso, eu sem dúvida estava correto. Observei que, quando usava o semblante de Edward Hyde, ninguém conseguia chegar perto de mim sem uma visível apreensão inicial. Isso, entendo, é porque todos os seres humanos, são uma mescla de bem e mal, enquanto Edward Hyde era o único na humanidade a ser puramente mau.

Demorei-me apenas um momento no espelho. Ainda era precisa testar o segundo experimento, conclusivo. Faltava ver se eu tinha perdido minha identidade além de qualquer redenção e devia fugir antes do amanhecer de uma casa que já não era minha. Voltando às pressas para meu escritório, outra vez preparei e bebi a infusão. Outra vez, sofri as dores da dissolução e voltei a mim com a personalidade, estatura e fisionomia de Henry Jekyll.

Naquela noite, cheguei à encruzilhada fatal. Se tivesse conduzido minha descoberta com um espírito mais nobre, se tivesse arriscado o experimento sob o domínio de aspirações generosas ou devotas, tudo podia ter sido diferente e, dessas agonias de morte e renascimento, teria saído como um anjo em vez de um demônio. A droga não tinha ação discriminatória — não era diabólica nem divina, apenas arrombava as portas da prisão de meu temperamento. E, como os prisioneiros de Filipos,[5] aquilo que estava dentro correu para fora. Naquele momento,

---

5. Cidade na Macedônia que foi palco de uma batalha de Marco Aurélio e Otávio, em 24 a.C., para

minha virtude estava adormecida; enquanto minha maldade, desperta pela ambição, estava alerta e aproveitou rapidamente a ocasião e o que se projetou foi Edward Hyde. Portanto, embora agora eu tivesse duas personalidades além de duas aparências, uma era inteiramente má e a outra ainda era o velho Henry Jekyll — aquela composição incongruente cuja reforma e melhoria eu já havia aprendido a não esperar. O movimento, portanto, foi totalmente na pior direção.

Mesmo naquela época, eu ainda não tinha superado meu desgosto pela austeridade de uma vida dedicada aos estudos. Ainda tinha, por vezes, uma tendência à euforia jovial. Mas como meus prazeres eram (para dizer o mínimo) indignos, e eu era, não apenas bem conhecido, como tido em alta conta, e estava ficando idoso, essa incoerência de minha vida era a cada dia menos bem-vinda. Foi para essa direção que meu novo poder me tentou, até me escravizar. Eu só precisava beber uma xícara para, na mesma hora despir o corpo do professor notável e assumir, como um casaco grosso, o de Edward Hyde. Na hora, sorri com a ideia que pareceu-me divertida e fiz meus preparativos com minucioso cuidado. Aluguei e mobiliei aquela casa no Soho até a qual Hyde foi rastreado pela polícia e contratei como funcionária uma criatura que eu sabia que era silenciosa e inescrupulosa. Além disso, anunciei aos meus criados que um sr. Hyde (a quem descrevi) deveria ter total liberdade e poder na casa da praça; para evitar contratempos, cheguei até a fazer uma visita e me tornar familiar em minha segunda personalidade. Depois, elaborei aquele testamento ao qual você tanto se opôs

---

vingar a morte de Júlio César, contra Bruto e Cássio. Depois disso, os soldados dessas batalhas acabaram instalando-se na cidade. [N. T.]

— assim, se qualquer coisa me acontecesse na pessoa de dr. Jekyll, eu podia entrar na de Edward Hyde sem perda pecuniária. Supondo estar assegurado por todos os meios, comecei a aproveitar a estranha imunidade de minha posição.

Homens costumam contratar mercenários para cometer seus crimes, enquanto eles próprios e suas reputações ficam protegidos. Já eu, fui o primeiro a fazer isso por meu próprio prazer. Fui o primeiro capaz de caminhar calmamente em público gozando de amigável respeitabilidade; e noutro momento, como um jovenzinho, despir-me destes créditos e mergulhar de cabeça no mar da liberdade. Para mim, o disfarce era impenetrável e a segurança era total. Pense bem — eu nem existia! Bastaria escapar para dentro de meu laboratório, aguardar apenas um ou dois segundos para misturar e engolir a poção que eu sempre tinha pronta e pronto! O que quer que tivesse feito, Edward Hyde sumiria como o vapor da respiração em um espelho e, em seu lugar, quietinho em casa, acendendo o lampião da madrugada em seu escritório, estaria um homem que podia rir de qualquer suspeita: Henry Jekyll.

Os prazeres que me apressei a procurar com meu disfarce eram, como mencionei, indignos — eu não seria capaz de usar um termo mais duro. Mas, nas mãos de Edward Hyde, logo começaram a ir na direção do monstruoso. Quando eu voltava dessas excursões, muitas vezes era apanhado numa espécie de maravilhamento com minha depravação indireta. Esse ser familiar convocado de minha própria alma e enviado sozinho para seus prazeres era inerentemente maligno e infame; todos os seus atos e pensamentos centravam-se nele mesmo e prazer deleitava-se com bestial avidez de qualquer tortura a outro. Era implacável como um homem de pedra. Henry Jekyll por vezes ficava horrorizado com os atos de Edward Hyde, mas a situação era apartada das leis comuns e indulgentemente relaxava o aperto da consciência. Era Hyde, afinal, e apenas Hyde, o culpado. Jekyll não era atingido; ele acordava novamente com suas boas qualidades aparentemente intactas e até mesmo se apressava, onde fosse possível, a desfazer o mal causado por Hyde. E, assim, sua consciência descansava.

Não desejo detalhar as infâmias que tramei nessa forma (pois, mesmo agora, mal consigo admitir que as cometi); quero apenas apontar os avisos e a cadeia de acontecimentos que trouxeram meu castigo. Tive um acidente que, como não teve qualquer consequência, não vou mais mencionar. Um ato de crueldade com uma criança suscitou contra mim a raiva de um passante — que reconheci outro dia como seu parente — e o médico e a família da menina se juntaram a ele me fazendo temer por minha vida. Para pacificar o justo ressentimento deles, Edward Hyde teve de trazê-los até a porta e pagá-los com um cheque em nome de Henry Jekyll. Mas rapidamente me precavi da repetição desse perigo e abri uma conta em outro banco no nome do próprio Edward Hyde; e quando dei ao meu duplo uma assinatura, inclinando para trás minha caligrafia, pensei ter escapado do alcance do destino.

Cerca de dois meses antes do assassinato de sir Danvers, eu havia saído para uma de minhas aventuras, voltado tarde da noite e acordado na cama no dia seguinte com sensações um pouco estranhas. Em vão, olhei ao meu redor; em vão, vi os móveis decentes e as altas proporções de meu quarto na praça; em vão, reconheci a estampa das cortinas da cama e o desenho da moldura de mogno. Mas algo continuava insistindo que eu não estava onde estava, que eu não tinha acordado onde parecia estar, mas no quartinho do Soho em que estava acostumado a dormir como Edward Hyde. Sorri para mim mesmo e, mentalmente, mas de forma preguiçosa, comecei a investigar os elementos dessa ilusão, vez ou outra, enquanto fazia isso, caindo de volta em um confortável cochilo. Ainda estava engajado nisso quando, em um de meus momentos mais despertos, meus olhos pousaram em minha mão. Ora, a mão de Henry Jekyll (como você frequentemente comentava) tinha um tamanho e formato profissionais: era grande, firme, branca e bonita. Mas a mão que eu agora via com bastante clareza na luz amarelada do meio de uma manhã londrina, meio coberta pelo lençol, era esguia, com músculos tensionados, ossuda, de cor empoeirada e densamente sombreada por pelos escuros. Era a mão de Edward Hyde.

Devo tê-la encarado por quase meio minuto, mergulhado na mera estupidez da perplexidade, até que o terror despertou em meu peito, repentino e alarmante como o soar de um címbalo. Saltei da cama e corri até o espelho. A visão que meus olhos encontraram fez meu sangue se transformar em algo intensamente fino e gelado. Sim, eu tinha ido dormir como Henry Jekyll e acordado como Edward Hyde. Como isso podia ser explicado? Perguntei isso a mim mesmo e então, com outra onda de terror: como podia ser remediado? A manhã já ia avançada e os criados estavam de pé. Todas as minhas drogas estavam no escritório — o que, de onde eu estava, paralisado pelo horror, era uma longa jornada por dois lances de escada, atravessando a passagem dos fundos, o pátio aberto e o centro cirúrgico. Talvez fosse possível cobrir meu rosto, mas de que adiantava isso quando eu não conseguia esconder a alteração em minha estatura?

E, aí, com um doce e avassalador alívio, lembrei que os criados já estavam acostumados com meu segundo eu indo e vindo. Então me vesti o melhor que pude, com roupas de meu próprio tamanho e atravessei a casa, surpreendendo Bradshaw, que logo se afastou ao ver o sr. Hyde em tal hora e vestido de forma tão estranha. Dez minutos depois, dr. Jekyll tinha retomado sua forma e estava sentado, carrancudo, para tentar tomar café da manhã.

Na verdade, tinha pouco apetite. Esse incidente inexplicável, essa reversão à minha outra aparência, parecia, como o dedo babilônico na parede,[6] soletrar as letras do meu julgamento. Comecei a refletir mais a sério do que nunca sobre os problemas e as possibilidades de minha dupla existência. Aquela parte de mim que eu podia projetar, ultimamente vinha sendo muito exercitada e nutrida; Edward Hyde parecia até mesmo ter ganhado estatura, como se (quando eu estava sob essa forma) eu ficasse consciente de uma corrente sanguínea mais generosa. Então comecei a avistar o perigo de, se aquilo se prolongasse demais, o equilíbrio de minha natureza talvez ficar permanentemente abalado e o poder da mudança voluntária ser confiscado, tornando-me Edward Hyde irrevogavelmente.

O poder da droga não se mostrava sempre igual. Uma vez, bem no início de meu trabalho, ela havia me falhado por completo; desde então,

---

6. Referência ao versículo bíblico de Daniel 5:1-31, em que o rei Belsazar vê, durante um banquete, uma mão aparecer e escrever na parede uma previsão da queda do império da Babilônia. É o episódio que dá origem à expressão de língua inglesa "the writing on the wall", que significa algo que está destinado a acontecer. [N. T.]

eu fora obrigado, em mais de uma ocasião a duplicar, e uma vez até — com infinito risco de morte — triplicar a quantidade. Essas incertezas, até então, eram a única coisa que ofuscavam meu contentamento. No início, o problema era livrar-me de Jekyll; agora, porém, de uma forma gradual mas derradeira, o problema havia se transferido para o outro lado. Todas as evidências pareciam apontar para isto: eu estava pouco a pouco perdendo o controle de meu eu original e melhor, e lentamente sendo incorporado ao meu segundo eu, pior.

Sentia que agora devia escolher entre os dois. Minhas duas naturezas tinham a memória em comum, mas as outras faculdades eram compartilhadas de forma bastante desigual. Jekyll (que era comedido) compartilhava dos prazeres e aventuras de Hyde ora com prudente apreensão, ora com ávido deleite; mas Hyde era indiferente a Jekyll ou apenas pensava nele da mesma forma que um bandido vê uma caverna para se esconder durante uma perseguição. Jekyll tinha mais um interesse paternal; Hyde, um desinteresse filial.

Assumir definitivamente o destino como Jekyll seria o mesmo que deixar morrer aqueles apetites aos quais eu havia me entregado secretamente há tempos e que, ultimamente, tinha começado a saciar. Assumir-me como Hyde seria morrer para mil interesses e aspirações, tornando-me, num único e derradeiro golpe, desprezado e sem amigos. A troca talvez parecesse desigual; mas ainda havia outra consideração na balança: pois, enquanto Jekyll sofreria no fogo da abstinência, Hyde nem estaria consciente de tudo o que perdera. Por mais estranhas que fossem as circunstâncias, os termos dessa disputa são tão antigos e comuns quanto o homem. As mesmas tentações e advertências jogam os dados para qualquer pecador tentado e receoso.

E coube a mim, como cabe para a vasta maioria de meus semelhantes, escolher a parte melhor e desejar a força para mantê-la.

Sim, preferi o médico idoso e descontente, cercado de amigos e cultivando esperanças honestas; e dei um adeus resoluto à liberdade, à jovialidade, ao passo leve, aos impulsos ágeis e prazeres secretos dos quais desfrutara sob o disfarce de Hyde. Fiz essa escolha talvez com alguma reserva inconsciente, pois não me desfiz da casa no Soho, nem destruí as roupas de Edward Hyde, que ainda estavam prontas em meu escritório.

Por dois meses, porém, fui fiel a minha determinação. Por dois meses, vivi uma vida tão rigorosa quanto nunca antes conseguira atingir e desfrutei as recompensas de uma consciência aprovadora. Mas o tempo, por fim, começou a obliterar o frescor de minha inquietação. Os elogios da consciência começaram a crescer e virar algo banal. Passei a ser torturado com os espasmos e os anseios, como se fosse Hyde lutando pela liberdade, até que, por fim, em um momento de fraqueza moral, mais uma vez misturei e engoli a poção transformadora.

Não creio eu que um alcóolatra, quando argumenta consigo mesmo sobre seu vício, seja um dentre os quinhentos afetados pelos perigos decorridos de sua insensibilidade física e bruta. Eu, tampouco — por mais que tenha considerado a situação — contei com a completa insensibilidade moral e insensata urgência pelo mal, que eram os principais traços de personalidade de Edward Hyde. Mas foi por elas que fui punido.

Meu demônio há muito estava enjaulado e saiu rugindo. Estava consciente, mesmo enquanto bebia a poção, de uma propensão mais desenfreada, mais furiosa para o mal. Deve ter sido isso, imagino, que agitou em minha alma aquela tormenta de impaciência com que escutei as civilidades de minha infeliz vítima. Declaro, pelo menos, diante de Deus, que nenhum homem moralmente são poderia ser culpado daquele crime motivado por algo tão patética e que golpeei com um espírito não mais razoável do que o de uma criança doentia que quebra um brinquedo. Mas eu havia voluntariamente me despido de todos aqueles instintos ponderadores com os quais até o pior de nós prossegue caminhando entre as tentações com algum grau de firmeza. Mas, no meu caso, ser tentado, por mais de leve que fosse, era cair.

Instantaneamente, o espírito do inferno acordou em mim e urrou. Com uma onda de júbilo, espanquei o corpo que não oferecia resistência, deleitando-me a cada golpe. Foi só quando a exaustão começou a chegar que, de repente, no auge do meu delírio, fui atingido no coração pela fria adrenalina do terror. A bruma se dispersou e vi minha vida sendo ceifada. Fugi da cena daqueles excessos, triunfante e trêmulo ao mesmo tempo, minha sede por maldade saciada e estimulada; meu amor pela vida atarraxado na cavilha mais alta. Corri até a casa no Soho e (para ter uma garantia duplamente segura) destruí meus papéis.

Então, saí pelas ruas iluminadas por lampiões, dividido pelo mesmo êxtase mental — ora vangloriando-me de meu crime e tramando zonzo outros no futuro; ora me apressando e ainda atento a passos de algum vingador atrás de mim. Hyde cantarolava ao misturar a poção e, quando bebeu, fez um brinde ao morto. As dores da transformação nem tinham terminado de rasgá-lo quando Henry Jekyll, com lágrimas de remorso e gratidão, caiu de joelhos e levantou as mãos unidas a Deus.

O véu de autoindulgência estava rasgado da cabeça aos pés e vi minha vida por inteiro: acompanhei-a da infância — quando eu andava de mãos dadas com meu pai —, passando pelo esforço abnegado de minha vida profissional, para chegar toda vez, com a mesma sensação de irrealidade, aos horrores malditos daquela noite. Eu devo ter gritado. Busquei, com lágrimas e orações, sufocar o aglomerado de imagens e sons horrendos com os quais minha memória investia contra mim. E apesar disso, entre as súplicas, a cara feia de meu crime encarava minha alma. Quando a intensidade desse remorso começou a esmorecer, foi sucedida por uma sensação de alegria. O problema de minha conduta estava resolvido. Hyde era, daqui por diante, impossível. Quisesse ou não, estava agora confinado à melhor parte de minha existência; e, ah, como me regozijei de pensar nisso! Com que voluntária humildade abracei novamente as restrições da vida natural! Com que sincera renúncia tranquei a porta pela qual eu tantas vezes tinha entrado e saído, e esmaguei a chave sob meu calcanhar!

No dia seguinte, chegou a notícia de que o assassino tinha sido visto, que a culpa de Hyde era evidente para o mundo e que a vítima era um homem de alta estima pública. Não era apenas um crime, fora uma tolice trágica. Acho que fiquei feliz de saber disso; feliz porque meus melhores impulsos seriam, assim, amparados e resguardados pelos terrores do cadafalso. Jekyll agora era minha cidade de refúgio. Se Hyde se mostrasse por um mero instante, as mãos de todos os homens se ergueriam para pegá-lo e destruí-lo.

Decidi que minha conduta dali por diante seria redimir o passado e posso dizer com honestidade que minha resolução deu alguns bons frutos. Você sabe como trabalhei sinceramente nos últimos meses do ano passado para aliviar sofrimentos; sabe que muito foi feito pelos outros e que os dias se passaram tranquilamente, quase felizes, para mim. Também não posso dizer de verdade que tenha me cansado dessa vida beneficente e inocente — acho, pelo contrário, que desfrutei mais completamente dela dia a dia. Mas ainda estava amaldiçoado por minha dualidade de desejos e, quando a primeira aresta de minha penitência se desgastou, o lado mais baixo de mim — há tanto sendo favorecido e tão recentemente acorrentado —, começou a rugir pedindo licença. Não que eu sonhasse em ressuscitar Hyde, a mera ideia me levava a um frenesi. Não, foi em minha própria pessoa que eu outra vez estava tentado a barganhar com minha consciência e foi como um ordinário e furtivo pecador que, por fim, caí diante dos ataques da tentação.

Tudo tem seu fim: o recipiente mais espaçoso acaba se preenchendo e essa breve condescendência ao mal enfim destruiu o equilíbrio de minha alma. Apesar disso, não fiquei alarmado; a queda parecia natural, como uma volta aos velhos tempos antes de minha descoberta. Era um belo dia claro de janeiro, o solo estava úmido sob os pés, onde a geada havia derretido, mas não havia nuvens no céu; e o Regent's Park estava cheio dos gorjeios de inverno e com os doce odores da primavera. Sentei-me em um banco ao sol; o animal dentro de mim lambia as costeletas da memória; o lado espiritual um pouco entorpecido, prometendo o arrependimento subsequente, mas ainda sem tomar qualquer iniciativa de agir. Afinal, refleti, eu era como os demais — então sorri ao comparar-me com outros homens, comparar minhas boas ações ativas com a preguiçosa crueldade negligente deles. E, no momento em que me vangloriava com tais pensamentos, sobreveio-me um mal-estar, uma náusea horrenda e o mais mortal estremecimento. Isso passou e me deixou tonto;

e, então, quando por sua vez passou a tontura, percebi a mudança no temperamento de meus pensamentos, uma ousadia maior, um desprezo pelo perigo, uma dissolução dos laços das obrigações. Olhei para baixo e minhas roupas pendiam sem forma de meus membros encolhidos; a mão que descansava em meu joelho era musculosa e peluda. Eu era outra vez Edward Hyde. Um momento antes, estava seguro do respeito que a sociedade me tinha, era rico e amado e, em minha casa, a mesa do jantar estava posta à minha espera. E, agora, eu era o vulgar alvo da sociedade, caçado, desalojado, um assassino conhecido e destinado à forca.

Minha razão vacilou, mas não por completo. Mais de uma vez observei que, em minha segunda personalidade, minhas faculdades pareciam afiadíssimas e meu espírito era um elástico tensionado. Assim, onde Jekyll possivelmente tivesse sucumbido, Hyde reagiu à urgência da ocasião. Minhas drogas estavam em um dos armários de meu escritório; como eu poderia pegá-las? Esse era o problema que (apoiando as têmporas nas mãos) dediquei-me a resolver. A porta do laboratório, eu havia fechado. Se eu tentasse entrar pela casa, meus próprios criados me condenariam à forca. Percebi que devia recorrer a outra pessoa e pensei em Lanyon. Como falar com ele? Como persuadi-lo? Supondo que eu evitasse ser capturado nas ruas, como poderia chegar até ele? E como deveria eu, um visitante desconhecido e desagradável, convencer o famoso médico a revirar o escritório de seu colega, dr. Jekyll? Então, lembrei-me de que restava uma parte de minha personalidade original: eu podia escrever com minha própria letra. Uma vez tendo acendido essa faísca, o caminho que eu deveria seguir foi iluminado de ponta a ponta.

Depois disso, arrumei minhas roupas o melhor que pude e, chamando um cabriolé que passava, dirigi até um hotel na Portland Street, cujo nome por acaso eu lembrava. O motorista não conseguiu disfarçar a risada ao ver minha aparência (que, de fato, era bastante cômica, por mais trágico que fosse o destino que aquelas vestimentas cobrissem). Rangi os dentes para ele com uma fúria tão perversa, que o sorriso lhe desvaneceu do rosto — para sorte dele, mas principalmente para a minha, pois, por mais um segundo sorrindo, eu com certeza o teria arrastado de seu assento. Na hospedagem, quando entrei, observei ao redor com um semblante tão sombrio que fez os atendentes tremerem e nem um olhar trocaram em minha presença; mas, obsequiosamente, receberam minhas ordens, levaram-me a um quarto particular e me trouxeram algo para escrever. Hyde correndo perigo de vida me era uma criatura nova: abalado por uma raiva desmesurada, tenso ao ponto do assassinato, desejoso de infligir dor. Apesar disso, a criatura era astuta e dominou sua fúria com grande força de vontade. Compôs suas duas cartas importantes — uma para Lanyon e uma para Poole — e, para poder receber provas verdadeiras de que tinham sido postadas, mandou-as com ordens de serem registradas.

Dali em diante, passou o dia todo sentado em frente à lareira no quarto do hotel, roendo as unhas. Lá jantou, sozinho com seus medos, enquanto o garçom tremia diante de seu olhar. E então, quando a noite havia caído por inteiro, ele saiu no canto de uma carruagem fechada e foi levado para lá e para cá nas ruas da cidade. Digo "ele", pois sou incapaz de dizer "eu"; aquela cria do Inferno nada tinha de humano, apenas medo e ódio existiam dentro dele. Quando achou que o motorista começava a suspeitar de algo, ele dispensou o veículo e aventurou-se a pé; trajando aquelas roupas que lhe sobravam, tornando-o um objeto de curiosidade dos transeuntes noturnos, essas duas emoções basais o assolavam como uma tempestade. Ele caminhava rápido, assombrado por seus medos, falando sozinho, esquivando-se pelas vias menos movimentadas, contando os minutos que ainda faltavam para a meia-noite. Uma vez, uma mulher falou com ele, oferecendo, acho, uma caixa de fósforos. Ele bateu no rosto dela e ela fugiu.

Quando voltei a mim na casa de Lanyon, o horror de meu velho amigo talvez tenha me afetado um pouco. Não sei. Não era mais que uma gota no mar de horrores que passei aquelas horas. Uma mudança ocorreu em mim. Não era mais o medo da forca, mas o horror de ser Hyde que me atormentava. Recebi parcialmente a condenação de Lanyon como um devaneio e foi como em um devaneio também que cheguei a minha própria casa e deitei-me na cama. Dormi, após a prostração do dia, um sono severo e profundo que nem os pesadelos que me retorciam conseguiram quebrar. Acordei pela manhã abalado, enfraquecido, mas renovado. Ainda detestava e temia em pensar na besta que dormia dentro de mim e nem tinha, é claro, esquecido os aterradores perigos do dia anterior; mas estava outra vez em casa, em meu próprio lar e perto de minhas drogas. A gratidão pela minha fuga brilhava tão forte em minha alma que quase rivalizava a vivacidade da esperança.

Eu estava caminhando sem pressa pelo pátio após o café da manhã, aproveitando o frescor do ar com prazer quando fui tomado de novo por aquelas indescritíveis sensações que prenunciavam a mudança e só tive tempo de ganhar o abrigo de meu escritório antes de ser outra vez assolado e regelado pelos desejos de Hyde. Nesta ocasião, foi necessária uma dose dupla para voltar a mim. E, ai de mim!, seis horas depois, enquanto eu estava sentado encarando tristemente a fogueira, as dores voltaram e a droga teve que ser novamente administrada.

Em resumo, desse dia em diante, parecia ser só com um grande esforço digno de uma ginástica, e apenas com o uso imediato da droga que eu conseguia usar a fisionomia de Jekyll. A todas as horas do dia e da noite, eu era tomado pelo calafrio agourento; além disso, se eu dormisse ou mesmo cochilasse por um momento em minha poltrona, sempre era como Hyde que acordava. Sob o estresse dessa desgraça sempre eminente e com a insônia à qual me condenei, tornei-me, em uma criatura consumida e esgotada pela febre, debilitado tanto de corpo quanto de espírito e ocupada unicamente por um pensamento: o horror de meu outro eu. Mas, quando eu dormia ou quando o efeito da medicação passava, eu saltava quase sem transição (pois as dores da transformação ficavam cada dia menos marcadas) e com uma imaginação que transbordava com imagens de terror, uma alma fervendo com ódios sem causa e um corpo que não parecia forte o bastante para conter as energias furiosas da vida.

Os poderes de Hyde pareciam ter crescido com a fragilidade de Jekyll. E, certamente, o ódio que agora os dividia era igual de cada lado. Com Jekyll, era um instinto vital — ele agora via a deformidade total daquela criatura que compartilhava com ele algum fenômeno da consciência e era seu co-herdeiro até a morte; além desses elos de comunhão, que em si mesmos compunham a parte mais pungente de seu sofrimento, ele pensava em Hyde, apesar de sua energia vital, como algo não apenas infernal, mas inorgânico. O chocante era que da lama do poço pudesse soar gritos e vozes; que a poeira amorfa gesticulasse e pecasse; que o que estava morto e sem forma pudesse usurpar as estâncias da vida. E também isto: que aquele horror insurgente fosse mais unido a ele do que uma esposa, mais próximo do que um olho, enjaulado em sua carne, onde ele o escutava murmurar e lutar para renascer e que, a cada momento de fraqueza, na confiança do sono, impunha-se contra ele e o depunha da vida. O ódio de Hyde por Jekyll era de uma ordem diferente. Seu terror da forca o levava a continuamente cometer um suicídio temporário e voltar a sua condição subordinada de ser uma parte em vez de pessoa. Mas ele detestava a necessidade. Detestava a prostração em que Jekyll agora caíra e se ressentia do desgosto com que ele próprio era visto. Daí os truques simiescos que me pregava, rabiscando blasfêmias com minha própria caligrafia nas páginas de meus livros, queimando as cartas e destruindo o retrato de meu pai. De fato, se não fosse por seu medo da morte, ele já teria se arruinado só para me envolver na ruína. Mas seu amor pela vida é admirável; vou além: eu, que fico enjoado e paralisado só de pensar nele, quando penso em seu apego abjeto e apaixonado pela vida, ciente do quanto ele teme meu poder de eliminá-lo por meio do suicídio, consigo sentir genuína pena dele.

Além da angustiante falta de tempo, é inútil prolongar essa descrição. Basta dizer que ninguém jamais sofreu tais tormentos. Mesmo a isso, o hábito trouxe — não, não alívio, mas certa calosidade para a alma, certa resignação ao desespero. Minha punição poderia ter continuado por anos se não fosse a última calamidade que agora se abateu e que enfim me desalojou de meu próprio rosto e natureza: meu estoque do sal, que nunca fora renovado desde o primeiro experimento, começou a chegar ao fim. Mandei buscar um suprimento novo e misturei a poção. A ebulição aconteceu e a primeira mudança de cor também, mas não a segunda. Bebi e não teve eficácia. Você ficará sabendo por meio de Poole como mandei revirar Londres, em vão. Agora estou convencido de que meu primeiro suprimento era impuro e que era essa desconhecida impureza que dava eficácia para a poção.

Cerca de uma semana se passou e, agora, estou terminando este depoimento sob a influência do último dos sais antigos. Então, a menos que ocorra um milagre, é a última vez que Henry Jekyll poderá pensar seus próprios pensamentos ou ver sua própria face (agora, quão tristemente alterada!) no espelho. Também não devo demorar em terminar meu escrito; pois, se minha narrativa até agora escapou da destruição, foi por uma mescla de grande prudência e muita sorte. Se os espasmos da mudança me tomarem durante a escrita deste depoimento, Hyde vai rasgar o papel em pedaços; mas, se algum tempo tiver passado depois de eu o concluir, seu formidável egoísmo e limitação ao momento presente provavelmente o salvarão mais uma vez da ação de seu rancor bestial. E, de fato, a maldição que está se fechando sobre nós dois já o mudou e pulverizou. Daqui a meia hora, quando eu novamente e definitivamente voltar a me revestir daquela odiosa personalidade, sei como me sentarei tremendo e chorando em minha poltrona; ou continuarei, arrebatado na escuta mais tensa e temerosa, a andar para cima e para baixo desta sala (meu último refúgio terreno) e prestar atenção a cada som ameaçador. Morrerá

Hyde no cadafalso? Ou encontrará coragem de se libertar no último momento? Só Deus sabe. Não me importo. Esta é a verdadeira hora de minha morte, e o que se segue é da conta de outro que não eu. Aqui, então, enquanto pouso a caneta e passo a selar minha confissão, dou um fim à vida daquele infeliz Henry Jekyll.

FIM.

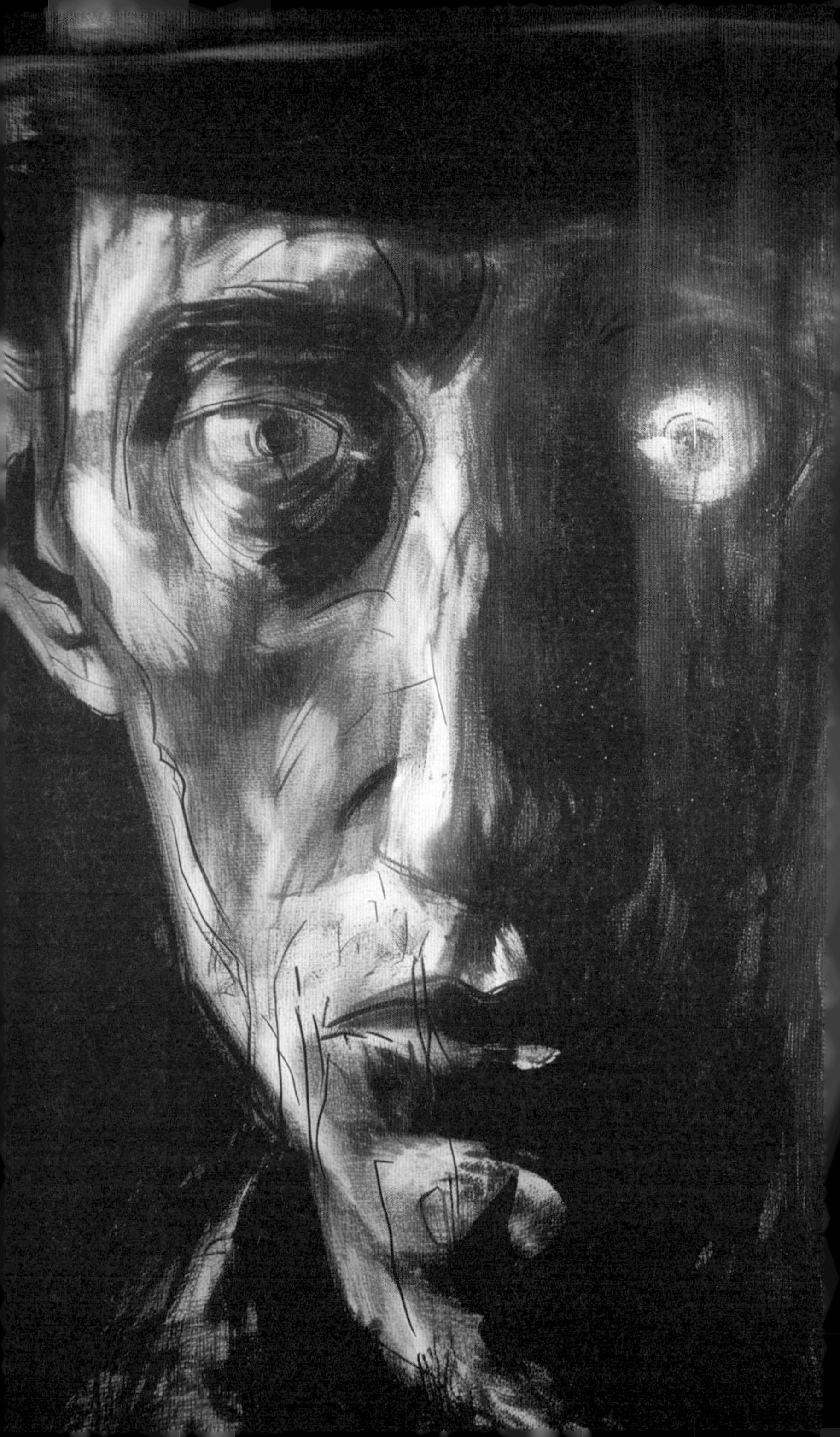

MARKHEIM

UM CONTO DE ROBERT LOUIS STEVENSON

—Sim — disse o comerciante —, meus golpes de sorte são de vários tipos. Alguns clientes são ignorantes e, então, ganho dividendos por meu conhecimento superior. Alguns são desonestos — E aqui ele ergueu a vela, de modo que a luz incidiu fortemente sobre seu visitante — e nesse caso, eu lucro com minha virtude.

Markheim havia acabado de chegar da rua, onde ardia o sol da manhã, e seus olhos ainda não haviam se familiarizado com a mistura de claridade e escuridão da loja. Diante dessas palavras incisivas e da proximidade da chama, ele piscou dolorosamente e desviou o olhar.

O comerciante deu uma risadinha e prosseguiu.

— Você vem até mim no dia de Natal, sabendo que estou sozinho em casa, de persianas fechadas, e faço questão de não tratar mais de negócios. Bem, terá que pagar por isso; pagar pela minha perda de tempo, enquanto eu deveria estar fazendo minha contabilidade; terá que pagar, também, por um tipo de comportamento que tenho notado muito forte em você ultimamente. Sou discretíssimo, não faço perguntas incômodas, mas, quando um cliente não consegue me olhar nos olhos, tem que pagar por isso. — O comerciante riu mais uma vez e, em seguida, mudando para a costumeira voz profissional, embora ainda com uma nota de ironia: — O senhor pode dar, como de costume, um relato claro de como tomou posse do objeto? Ainda o armário de seu tio? Um colecionador notável, mesmo!

E o pequeno comerciante pálido e de ombros redondos ficou quase na ponta dos pés, observando por cima de seus óculos dourados enquanto balançava a cabeça com todos os sinais da descrença. Markheim lhe dirigiu um olhar de imensa pena mesclada a apreensão.

— Desta vez, o senhor está enganado. Não vim para vender, mas para comprar. Não tenho raridades para vender; o armário de meu tio está vazio até o lambril. Mesmo que ainda estivesse intacto, eu fui bem na Bolsa de Valores e é mais provável que eu o aumente do que o contrário. Minha missão hoje é a mais simples possível: estou procurando um presente de Natal para uma dama — continuou ele, tornando-se mais eloquente à medida em que avançava no discurso que havia preparado. — Certamente devo-lhe todas as desculpas por incomodá-lo por um assunto tão pequeno, mas a questão já foi esquecida ontem e preciso apresentar meus modestos cumprimentos no jantar. Como o senhor sabe muito bem, um bom casamento não é algo a ser negligenciado.

Seguiu-se uma pausa, durante a qual o comerciante pareceu avaliar com incredulidade tal declaração. O tique-taque de muitos relógios entre os peculiares tacos da loja e o leve ruído dos táxis numa rua próxima preenchiam o intervalo de silêncio.

— Bem, senhor, então que seja — disse o comerciante. — Afinal, o senhor é um cliente antigo e, se tem a chance de um bom casamento, como diz, longe de mim ser um obstáculo. Aqui está algo bom para uma dama: este espelho de mão. É do século XV, garantido e vem de uma boa coleção, ainda por cima. Só não revelo o nome por pedido de meu cliente, que, como o senhor, era sobrinho e único herdeiro de um colecionador notável, meu caro.

O comerciante, enquanto falava com sua voz áspera e cortante, se abaixou para pegar o objeto e, ao fazê-lo, um choque passou por Markheim, subindo pelas mãos e os pés e um sobressalto de diversas emoções turbulentas para o rosto. O choque se foi tão rápido quanto veio, não deixando nenhum vestígio além de um certo tremor na mão que agora recebia o espelho.

— Um espelho de mão — disse ele roucamente, depois fez uma pausa e repetiu com mais clareza. — Um espelho? Para o Natal? Certamente não!

— E por que não? — bradou o comerciante. — Por que não um espelho?

Markheim o encarou com uma expressão insondável.

— O senhor me pergunta por que não? — disse ele. — Ora, olhe aqui, olhe para ele, olhe para si mesmo! Gosta de ver isso? Não! Nem eu, nem ninguém.

O homenzinho pulou para trás quando Markheim de repente o confrontou com o espelho, mas agora, percebendo que não havia nada pior à mão, deu uma risadinha.

— Sua futura dama, senhor, deve ser muito desfavorecida — disse ele.

— Eu lhe peço — continuou Markheim — um presente de Natal e o senhor me dá isso! Esse maldito lembrete de anos, pecados e loucuras... esse perturbador de consciência! Estava falando sério? Tinha alguma intenção com isto? Diga-me. Será melhor para o senhor se contar. Venha, fale-me sobre o senhor. Arrisco-me a adivinhar que, em segredo, é um homem muito caridoso, não?

O comerciante observou atentamente para seu companheiro. Era muito estranho, mas Markheim não parecia estar rindo; havia algo em seu rosto como um brilho ansioso de expectativa, mas nenhum de felicidade.

— O que quer dizer? — perguntou o comerciante.

— Não é caridoso, mesmo, não é? — replicou o outro, lentamente. — Não é piedoso; não é honrado; não é amoroso e não é amado. É apenas um meio para conseguir dinheiro e um cofre para guardá-lo. E só isso? Meu Deus, homem, isso é tudo?

— Pois vou dizer o que é — começou o comerciante, com certa rispidez, então interrompeu-se novamente com uma risada. — Mas percebo se tratar de uma união amorosa, essa sua, e o senhor tem bebido à saúde da moça.

— Ah! — exclamou Markheim, com uma estranha curiosidade. — O senhor já se apaixonou? Conte-me sobre isso.

— Eu?! — clamou o comerciante. — Eu, apaixonado! Nunca tive tempo para toda essa bobagem, assim como não tenho tempo hoje. Vai levar o espelho ou não?

— Para que tanta pressa? — respondeu Markheim. — É muito agradável ficar aqui conversando, e a vida é tão curta e incerta que eu não vejo motivos para me apressar e perder os pequenos prazeres, nem mesmo um como este. Devemos nos agarrar ao pouco que conseguimos obter, como um homem à beira de um penhasco. Cada segundo é um penhasco, se pensarmos bem... um penhasco de um quilômetro de altura, alto o suficiente para, se cairmos, nos arrancar todas as características de humanidade. Portanto, é melhor conversar de forma agradável. Vamos falar um do outro: por que deveríamos usar essa máscara? Sejamos confidentes. Quem sabe podemos nos tornar amigos?

— Tenho apenas uma coisa a lhe dizer — falou o comerciante. — Ou faça sua compra, ou saia da minha loja!

— Está bem, está bem — anuiu Markheim. — Chega de brincadeiras. Voltemos aos negócios. Mostre outra coisa.

O comerciante se abaixou novamente para recolocar o espelho na prateleira, e os finos cabelos loiros caíram-lhe sobre os olhos. Markheim se aproximou um pouco mais, uma das mãos no bolso do paletó. Tragou ar profundamente, enchendo os pulmões, enquanto, em seu rosto emoções distintas se estampavam: terror, horror e determinação, fascínio e uma tangível repulsa. Em meio a um pálido erguer do lábio superior, dentes se sobressaíram.

— Talvez isto sirva — constatou o comerciante.

E então, quando ele começou a se levantar, Markheim saltou por trás de sua vítima.

O longo punhal em forma de espeto reluziu e caiu. O comerciante se debateu como uma galinha, batendo com a têmpora na prateleira, e depois caiu em uma pilha no chão.

O tempo parecia contar com várias vozes naquela loja — algumas imponentes e lentas, como convinha à sua idade; outras, tagarelas e apressadas. Todas elas contavam os segundos em um intrincado coro de tique-taques. Então, a passar dos pés de um rapaz, correndo pesadamente na calçada, interrompeu essas vozes menores e assustou Markheim, tornando-o ciente de seus arredores. Ele olhou ao redor horrorizado.

A vela estava sobre o balcão e a chama tremulava solenemente em uma corrente de ar. Com esse movimento insignificante, a sala inteira se enchia com uma agitação silenciosa e contínua, como um mar: as sombras altas balançando e as imensas manchas de escuridão aumentando e diminuindo como numa respiração; os rostos dos retratos e dos deuses de porcelana mudando e oscilando como imagens na água. A porta interior estava entreaberta e espreitava aquele leque de sombras com uma longa fenda de luz solar, como um dedo acusador.

Desse perambular acometido de pavor, os olhos de Markheim voltaram para o corpo de sua vítima, jazendo encolhido e largado, menor e, estranhamente, mais medíocre do que em vida. Naquelas roupas velhas e miseráveis, naquela atitude desajeitada, o comerciante jazia como se fosse serragem. Markheim temera ver aquilo, mas... eis que não era nada.

No entanto, enquanto observava, aquela trouxa de roupas velhas e poça de sangue começaram a tornar-se vozes eloquentes. Ali haveria de ficar. Como não havia ninguém para mover os membros ou promover o milagre da locomoção, ali haveria de ficar até ser encontrado. Encontrado! Sim, e então? Então esse corpo morto soaria um brado que repercutiria por toda Inglaterra, por todos os cantos, em ecos de perseguição. Sim, morto ou não, ele ainda era o inimigo. *Já houve tempo em que, sem cérebro...*[1] pensou ele, e a primeira palavra lhe veio à mente. O tempo — agora que o ato foi realizado, que se esgotou para a vítima — havia se tornado imediato e crucial para o assassino.

Ainda pensava nisso quando, primeiro um e depois outro, numa variedade de ritmo e voz — um profundo como o sino de uma catedral,

---

1. MacBeth, ato III, cena IV. Tradução de Bárbara Heliodora. [N.T.]

outro tocando em suas notas agudas o prelúdio de uma valsa —, os relógios começaram a bater as três da tarde.

A súbita eclosão de tantas línguas naquela sala silenciosa o sobressaltou. Ele se apressou, indo de um lado para o outro com a vela, cercado por sombras que se moviam e assustando-se com reflexos casuais. Em muitos espelhos ornamentados — alguns de design caseiro, outros de Veneza ou Amsterdã —via seu rosto repetidamente, como se perseguido por um exército de espiões. Seus próprios olhos o encontravam e o detectavam; e seus próprios passos, ao tocarem o chão mesmo que de leve, perturbavam o silêncio ao redor. E ainda assim, enquanto ele prosseguia a encher os bolsos, sua mente o molestava, acusando as mil falhas de seu projeto.

Deveria ter escolhido uma hora mais tranquila. Deveria ter preparado um álibi. Não deveria ter usado uma faca. Deveria ter sido mais cauteloso e apenas amarrado e amordaçado o comerciante, em vez de matá-lo. Deveria ter sido mais ousado e matado também a funcionária. Deveria ter feito tudo de outra forma. Arrependimentos pungentes, cansaço e a mente trabalhando incessantemente para mudar o que já era imutável, planejar o que era inútil e ser arquiteto do irrevogável passado. Sob toda essa comoção, os terrores mais crus preenchiam e tumultuavam as zonas mais remotas de seu cérebro, como ratos correndo num sótão abandonado: a pesada mão do policial agarrando seu ombro já fazia esses nervos se contorcerem em espasmos, como um peixe no anzol; pior que isso, ele via, num abismo que aproximava-se a galope, o banco dos réus, a prisão, a forca e o caixão negro.

Como um exército invasor, o pavor das pessoas na rua se alojou nele. Impossível, pensou ele, que algum barulho da luta tenha chegado aos ouvidos das pessoas e chamado atenção deles. Não obstante, ele agora imaginava que todos, nas casas vizinhas, estavam sentadas e imóveis, de orelhas em pé... — tanto aqueles solitários, condenados a passar o Natal remoendo as lembranças do passado e sendo sobressaltados justo em seu momento mais sentimental; quanto as felizes festas de família, com todos em silêncio ao redor da mesa enquanto a mãe está com o dedo levantado — das mais variadas idades e humores, mas todos bisbilhotando e tecendo, de suas casas, a corda que o enforcaria. Às vezes, parecia que não conseguia se mover com tanta suavidade. O tilintar das grandes taças Bohemia soava alto como um sino e, alarmado com o volume do tique-taque, se sentia tentado a parar os relógios. Então, numa rápida transição de seus terrores, o silêncio do lugar também parecia uma fonte de perigo e um motivo para chamar atenção de algum pedestre, fazendo-o parar — daí, ele andava com mais ousadia e barulhenta agitação entre os itens da loja, imitando, com elaborada bravata, os movimentos de um homem ocupado e tranquilo em sua própria casa.

Ele estava, porém, tão assolado por variados pavores que, enquanto parte de sua mente estava atenta e astuta, a outra tremia à beira da loucura. Uma alucinação em específico tomou conta de sua confiança. O vizinho bisbilhoteiro com o ouvido colado na janela e o transeunte detido na calçada por algum tipo de terrível intuição poderiam, na pior das hipóteses, suspeitar do que ocorria, mas não tinham como saber apenas pelos ruídos que atravessavam as paredes de tijolos e as janelas fechadas. Mas e aqui, dentro da casa... estaria ele sozinho? Sim, claro que estava — tinha visto a empregada saindo da loja para encontrar o amante, vestindo sua melhor roupa e com "só volto amanhã" escrito em cada fita e sorriso. Sim, com certeza ele estava sozinho... no entanto, podia ouvir a agitação de passos leves acima dele, no andar superior da casa — sem dúvida estava consciente, inexplicavelmente consciente, de alguma presença.

Em todos os cômodos e cantos da casa, sua imaginação o seguia — ora era uma coisa sem rosto, mas com olhos para ver; ora, uma sombra de si mesmo; ora a imagem do comerciante morto, revivida com astúcia e ódio. Às vezes, com um grande esforço, ele espiava a porta aberta que ainda parecia repelir seus olhos. O dia estava encoberto por neblina e a luz, filtrada pela claraboia pequena e suja até o térreo daquela casa alta, era bastante fraca e aparecia vagamente na soleira da loja. E, no entanto, não havia naquela duvidosa faixa de luz uma sombra oscilante?

De repente, do lado de fora, um cavalheiro animado começou a bater com a bengala na porta da loja, as batidas acompanhadas por gritos e provocações chamando pelo nome do comerciante.

Markheim, gelado, olhou para o homem morto. Mas não! Ele permanecia imóvel, distante demais para ser alcançado pelos golpes e gritos, afundado em mares silenciosos; e seu nome, que outrora soava até em meio a uma tempestade, se tornara um som oco. Em pouco tempo, o rapaz desistiu de bater à porta e foi embora.

Ali estava o grande indício de que devia apressar o que ainda faltava fazer e sair daquela vizinhança delatora, para submergir em meio a multidão londrina e chegar, ao fim do dia, àquele refúgio de segurança e aparente inocência — sua cama. Um visitante havia chegado: a qualquer momento, outro poderia vir e ser mais insistente. Ter cometido o ato e não colher o lucro seria uma falha deveras detestável. O dinheiro, agora, era a preocupação de Markheim, e para alcançá-lo, as chaves...

Olhou por cima do ombro para a porta aberta, onde a sombra ainda estava tremulando, e, sem repugnância consciente, mas com um revirar nas entranhas, aproximou-se do corpo de sua vítima. A natureza humana havia desaparecido completamente. Como um terno enchido só pela metade com farelo, os membros estavam espalhados, e o tronco, dobrado no chão — ainda assim aquilo o repeliu. Embora fosse tão insípido e irrelevante aos olhos, ele temeu que ao toque pudesse ser mais significativo. Pegou o corpo pelos ombros e o virou de costas. Era estranhamente leve e flexível, e os membros, como se estivessem quebrados, caíam nas mais bizarras posturas. O rosto estava desprovido de qualquer expressão, mas estava pálido como cera e espantosamente manchado de sangue em uma das têmporas. Essa foi, para Markheim, a única circunstância desagradável. Ela instantaneamente o levou de volta a certo dia de feira em um vilarejo de pescadores: um dia cinzento, um vento forte, uma multidão na rua, o som de metais e o rufar de tambores, a voz anasalada de um cantor de baladas... e um garoto indo e vindo, enterrado até a cabeça em meio à multidão, dividido entre o interesse e o medo; até que, ao chegar ao principal local de aglomeração, viu um estande e uma grande tela com quadros, com desenhos tétricos e cores berrantes: Brownrigg com seu aprendiz; os Mannings com seu hóspede assassinado; Weare nas garras da morte de Thurtell; e uma série de outros crimes famosos.[2]

---

2. Elizabeth Brownrigg era uma assassina inglesa do século XVIII, que matou, entre outros, sua empregada Mary Clifford, que havia sido treinada como aprendiz numa instituição criada

Aquilo era tão nítido que poderia até iludi-lo de que ele ainda era aquele garotinho, observando aquelas imagens hediondas com o mesmo revirar nas entranhas e atordoado pelo rufar dos tambores. Um compasso da música daquela época voltou à sua memória e, com isso, pela primeira vez, sentiu um calafrio, um sopro de náusea, uma súbita fraqueza nas articulações — à qual deveria resistir e vencer imediatamente.

Julgou mais sensato encarar os fatos do que fugir deles. Olhou com mais firmeza para o rosto morto, dobrando a mente a compreender a natureza e a magnitude de seu crime. Pouco tempo atrás, aquele rosto havia se movido com cada mudança de sentimento, aquela boca pálida havia falado, aquele corpo ardia com energias controláveis. Agora, por seu ato, tal pedaço de vida havia sido detido, como o relojoeiro que com um dedo detém as batidas do relógio. Assim, raciocinou em vão — não conseguia mais sentir a consciência pesar em remorso. O mesmo coração que estremecera diante dos crimes reproduzidos em pinturas, encarava impassivelmente a realidade. Na melhor das hipóteses, sentia um lampejo de piedade por alguém que, em vão, fora dotado de todas aqueles atributos que poderiam transformar o mundo num jardim encantado, alguém que nunca tinha realmente vivido e que agora estava morto. Mas, de arrependimento, não, nem um tremor.

Com isso, livrou-se de seus escrúpulos e encontrou as chaves, avançando para a porta aberta da loja. Lá fora, havia começado a chover forte e o som da chuva no telhado cessou o silêncio. Como uma caverna

---

para formar domésticas, o London Foundling Hospital. Os Mannings eram o casal Marie e Frederick, que assassinaram o amante dela, Patrick O'Connor, após recebê-lo para jantar. John Thurtell matou o apostador William Weare em 1823, por dever a ele trezentas libras em apostas esportivas. [N. T.]

gotejante, os cômodos da casa eram assombrados por um eco incessante, que enchia os ouvidos e se misturava ao tique-taque dos relógios. E, quando Markheim se aproximou da porta, pareceu ouvir, em resposta ao seu próprio passo cauteloso, os passos de outro pé subindo a escada. A sombra ainda pulsava oscilante na soleira da porta. Ele se muniu de uma tonelada de determinação e puxou a porta.

A luz tênue e nebulosa do dia cintilava levemente no piso nu e nas escadas; na armadura brilhante colocada, com alabarda na mão, no patamar; e nas esculturas de madeira escura e nos emoldurados quadros pendurados nos painéis amarelos do lambril. O barulho da chuva era tão intenso na casa que, aos ouvidos de Markheim, passou a se constituir em muitos sons diferentes. Passos e suspiros, a marcha do exército ao longe, o tilintar do dinheiro sendo contado e o rangido de portas entreabertas furtivamente pareciam se misturar ao bater das gotas no domo e o jorrar da água nos canos. A sensação de que ele não estava sozinho o arrastava à beira da loucura. Por todos os lados, era assombrado e cercado por presenças. Ele as ouvia se movendo nos cômodos superiores; da loja, escutava o homem morto se levantando; e, quando começou a subir as escadas com imenso cuidado, os misteriosos passos fugiam silenciosamente à sua frente e esgueiravam-se atrás dele. Se ele fosse surdo, pensou, como sua alma estaria tranquila! Mas então, novamente ouvindo com uma aguçada atenção, se abençoou por esse sentido inquietante que o mantinha alerta e era como um sentinela assegurando sua vida. Sua cabeça virava continuamente de um lado para o outro. Seus olhos pareciam ter saído das órbitas, de tanto se virarem para checar todos os lados e, em todos esses lados, pareciam encontrar desaparecendo a cauda de algo desconhecido. Os vinte e quatro degraus até o primeiro andar foram vinte e quatro agonias.

Naquele primeiro andar, as três portas estavam entreabertas e, como três emboscadas, sacudiam os nervos dele como as gargantas de um canhão. Sentiu que nunca mais conseguiria ficar suficientemente imerso e protegido dos olhos vigilantes. Ansiava estar em casa, cercado por paredes, enterrado entre roupas de cama e invisível para todos, exceto para Deus. E, ao pensar nisso, admirou-se um pouco, lembrando-se das histórias de outros assassinos e do medo que pareciam ter dos vingadores celestiais. Com ele, ao menos, não era assim.

Ele temia as leis da natureza, que, à sua maneira imutável e insensível, preservavam a evidência condenatória de seu crime. Temia dez vezes mais, com um terror servil e supersticioso, alguma cisão na continuidade das experiências humanas, alguma intencional contravenção da natureza. Jogara o jogo, submetendo-se às regras e ciente das consequências... mas e se a natureza, assim como um mal perdedor, ao se ver derrotada, derrubasse o tabuleiro e impedisse sua vitória? Tal como os escritores dizem ter acontecido com Napoleão, quando o inverno apareceu fora da época costumeira, poderia acontecer também com Markheim: as paredes se tornarem transparentes e revelarem seus atos, como se fosse uma abelha numa colmeia de vidro; ou então, as pesadas tábuas do piso podiam ceder como areia movediça e soterrá-lo... Sem mencionar outros acidentes mais graves, como a casa cair e ele ficar preso ao lado da sua vítima ou a casa ao lado pegar fogo e os bombeiros invadirem por todos os lados. Era esse tipo de coisas que ele temia — e que, de certa forma, até poderia ser chamada de mão de Deus punindo o pecado. Mas, em relação ao próprio Deus, estava tranquilo. Seu ato era, sem dúvida excepcional, mas suas desculpas também o eram, e Deus as conhecia. Era ali, e não entre os homens, que ele tinha certeza da justiça.

Quando chegou a salvo na sala de estar e fechou a porta atrás de si, sentiu-se mais tranquilo em suas apreensões. O cômodo estava completamente desmontado, sem carpete e repleto de caixas de embalagem e móveis incongruentes: diversos espelhos enormes, nos quais ele se via em vários ângulos, como um ator em um palco; muitos quadros, emoldurados e não emoldurados, de pé, voltados para a parede; um belo aparador Sheraton, um armário de marchetaria e uma grande cama antiga, com tapeçaria pendurada. As janelas se abriam até o chão, mas, por sorte, a parte inferior das persianas havia sido fechada, o que o escondia dos vizinhos. Então, Markheim colocou uma caixa de embalagem diante do armário e começou a procurar entre as chaves. Era uma tarefa demorada, por haver muitas, e irritante, pois, afinal de contas, poderia não haver nada no armário e o tempo estava correndo. Mas estar tão perto de seu objetivo o deixou mais focado.

De canto de olho, via a porta — até mesmo olhava diretamente para ela de vez em quando, como um comandante sitiado que deseja verificar o bom estado de suas defesas. Mas, na verdade, estava em paz. A chuva que caía na rua parecia natural e agradável. Do outro lado, as notas de um piano iniciaram um hino e as vozes de muitas crianças preencheram o ar, cantando em coro. Como era majestosa e reconfortante a melodia! Como eram frescas as vozes juvenis!

Markheim ouvia sorrindo enquanto separava as chaves, e sua mente estava repleta de ideias e imagens correspondentes: crianças indo à igreja e o som do órgão alto; crianças no campo, banhistas à beira de um riacho, pessoas caminhando no campo, pipas voando no céu ventoso e cheio de nuvens... e então, noutra cadência do hino, estava de volta à igreja, à sonolência dos domingos de verão e à voz aguda e gentil do pároco — lembrança esta que lhe provocou um breve sorriso —, aos túmulos jacobinos pintados e às letras escuras dos Dez Mandamentos na capela-mor.

Enquanto estava sentado assim, compenetrado e distraído ao mesmo tempo, ele sobressaltou-se de repente. Um calafrio enregelante, um bafo de calor: o fluxo sanguíneo em revolta e ele paralisado, tenso. Um passo subia a escada, lenta e firmemente, e então uma mão pousou na maçaneta. A fechadura fez um clique e a porta se abriu.

O medo paralisou Markheim. Ele não sabia o que devia esperar. O homem morto andando? Os oficiais da justiça humana? Ou seria alguma testemunha casual ávida para entregá-lo à forca? Mas, quando um rosto foi introduzido na abertura, verificou a sala, olhou para ele — até acenou amigavelmente com a cabeça, sorrindo como se cumprimentasse um conhecido — e depois se retirou novamente. Quando a porta se fechou, o medo de Markheim se descontrolou em um grito rouco.

Ao ouvir isso, o visitante voltou.

— Me chamou? — perguntou, agradavelmente, entrando na sala e fechando a porta atrás de si.

Markheim o encarou com toda sua atenção. Talvez houvesse uma película em sua visão, mas as feições do recém-chegado pareciam mudar e oscilar como os dos ídolos à luz bruxuleante das velas da loja. Às vezes, ele achava que o conhecia e noutras achava que era parecido consigo mesmo; mas *sempre*, com um nó de vívido terror, havia em seu peito a convicção de que aquela coisa não era da terra e não era de Deus.

E, no entanto, a criatura tinha um estranho ar de normalidade enquanto olhava para Markheim com um sorriso, até acrescentando num tom de afabilidade doméstica:

— Creio que esteja procurando o dinheiro, não?

Markheim não respondeu.

— Devo avisá-lo — continuou o outro — que a empregada deixou o namorado mais cedo do que o normal e logo estará aqui. Se o sr. Markheim for encontrado nesta casa, não preciso descrever a ele as consequências.

— Você me conhece? — espantou-se o assassino.

O visitante sorriu.

— Há muito tempo que é um dos meus favoritos — disse ele — e há muito tempo eu o observo e sempre procuro ajudá-lo.

— O que você é? — rebateu Markheim. — O diabo?

— O que sou ou deixo de ser — retrucou o outro — não afeta o serviço que me proponho a lhe prestar.

— Ah, mas afeta! — gritou Markheim. — E afeta muito! Ser ajudado por você? Não, nunca! Não por você! Você ainda não me conhece; graças a Deus, não me conhece!

— Eu o conheço — replicou o visitante, com uma espécie de severidade gentil, ou melhor, firmeza. — Eu o conheço até a alma.

— Me conhece! — clamou Markheim. — Quem poderia me conhecer? Minha vida é apenas uma paródia e uma calúnia contra mim mesmo. Vivi para ocultar minha natureza. Todos os homens fazem isso. Todos os homens são melhores do que essa máscara que cresce e os sufoca. Você vê cada um deles se arrastando pela vida, como alguém sequestrado por bandidos e amordaçados por um pano. Se estivessem sob controle próprio, se desse para ver seus rostos, eles seriam completamente diferentes: brilhariam como heróis e santos! Eu sou pior do que a maioria, nesse sentido, pois estou mais encoberto. Minha desculpa é conhecida por mim e por Deus, apenas, mas, se eu tivesse tempo, poderia me revelar.

— Para mim? — perguntou o visitante.

— Para você, para começar — respondeu o assassino. —Pensei que você fosse inteligente. Achei que, já que existe, seria um leitor melhor do coração. E, no entanto, se propõe a me julgar pelos meus atos! Por meus atos, veja só! Nasci e vivi em uma terra de gigantes e estes gigantes me arrastaram pelos pulsos desde que saí das entranhas de minha mãe... os gigantes das circunstâncias. E você quer me julgar por meus atos! Será que não consegue olhar para o interior? Não consegue ver como o mal me é abjeto? Não consegue ver em mim a clara escrita da consciência, nunca ofuscada por nenhum sofisma intencional, embora muitas vezes ignorada? Não consegue me interpretar como algo que certamente deve ser comum à humanidade, o pecador involuntário?

— Tudo isso é expresso com muito sentimento, mas não me diz respeito. Esses pontos de coerência estão além da minha alçada, e não me importo nem um pouco com a compulsão com que você foi arrastado, desde que vá na direção certa. — foi a resposta. — Entretanto, o tempo voa. A empregada se demora, olhando para os rostos da multidão e para as fotos nos cartazes, mas ainda continua se aproximando. Lembre-se: é como se a própria forca estivesse caminhando em sua direção pelas ruas natalinas! Devo ajudá-lo, eu, que sei tudo? Devo lhe dizer onde encontrar o dinheiro?

— Por qual preço?

— Eu lhe ofereço o serviço como um presente de Natal.

Markheim não pôde deixar de sorrir com uma espécie de triunfo amargo.

— Não! Não aceitarei nada de suas mãos. Se eu estivesse morrendo de sede e fosse sua mão que levasse o jarro aos meus lábios, eu ainda teria coragem de recusar. Pode ser ingenuidade, mas não farei nada que me comprometa com o mal.

— Não tenho objeção a um arrependimento no leito de morte — observou o visitante.

— Porque não acredita na eficácia! — exclamou Markheim.

— Não digo isso — respondeu o outro —, mas vejo essas coisas por um viés diferente e, quando a vida termina, meu interesse diminui. O homem viveu para me servir, para disseminar a desconfiança sob o prisma da religião ou para semear joio no campo de trigo, como você faz, numa fraca resistência aos seus impulsos; e quando chegam perto de se libertarem, só o que podem fazer é arrepender-se e morrer sorrindo, assim edificando a confiança e esperança dos mais temerosos de meus seguidores sobreviventes. Não sou um mestre tão duro. Experimente. Aceite minha ajuda. Agrade a si mesmo na vida como tem feito até agora e agrade-se de forma ainda mais ampla. Estenda os cotovelos sobre o tabuleiro e, quando a noite começar a cair e as cortinas a se fecharem, garanto-lhe, se é tão importante ao seu sossego, que conseguirá resolver facilmente a briga com sua consciência e fazer uma paz servil com Deus. Cheguei agora mesmo de um leito de morte como esse, e o quarto estava cheio de pessoas sinceramente de luto, ouvindo as últimas palavras do homem: e, quando olhei para aquele rosto, que por toda vida fora uma pedra desprovida de misericórdia, eu o encontrei sorrindo com esperança.

— Então, me considera esse tipo de criatura? — perguntou Markheim. — Acha que não tenho aspirações mais generosas do que pecar, pecar e pecar e, por fim, entrar sorrateiramente no céu? Meu coração até acelera ao pensar nisso. É essa, então, a sua experiência com a humanidade? Ou é porque me encontra com as mãos vermelhas que presume tal baixeza? E esse crime de assassinato é de fato tão ímpio a ponto de secar as fontes do bem?

— Para mim, o assassinato não é uma categoria especial — respondeu o outro. —Todos os pecados são assassinatos, assim como toda vida é guerra. Eu vejo sua raça como marinheiros famintos em uma balsa, arrancando migalhas das mãos da fome e se alimentando da vida uns dos outros. Acompanho os pecados além do momento de sua ação. Descubro em todos eles que a última consequência é a morte e aos meus olhos, a bela donzela que mente graciosamente para a mãe ao ser questionada sobre um baile não pinga menos de sangue do que um assassino como você. Eu disse que sigo os pecados? Também sigo as virtudes e a diferença de um para outro é de uma espessura ainda menor que de uma unha. Ambos são foices para o anjo ceifador da Morte. O mal, pelo qual eu vivo, não consiste em ação, mas em caráter. O *homem* mau me é importante, não o ato mau, cujos frutos, se pudermos segui-los longe o suficiente pela catarata das eras, ainda podem ser considerados mais abençoados do que os das virtudes mais raras. E não é porque você matou um comerciante, mas porque você é Markheim, que eu me ofereço para ajudá-lo a escapar.

— Abrirei meu coração para você — respondeu Markheim. — Esse crime no qual me encontra é o último. Em meu caminho até ele, aprendi muitas lições. Ele mesmo é uma importante lição. Até agora, fui compelido com revolta ao que eu não queria. Fui um escravo da pobreza, arrastado e açoitado. Há virtudes fortes o bastante e que conseguem resistir a essas tentações, mas a minha não era assim: eu tinha sede de prazer. Mas hoje, e com esse ato, colho tanto advertência quanto riqueza e tanto poder quanto uma nova determinação de ser eu mesmo. Em todos os aspectos, eu me torno um ator livre no mundo e começo a me ver totalmente mudado, com estas mãos sendo agentes do bem e este coração em paz. Algo do passado me invadiu; algo do que sonhei nas noites de sábado ao som do órgão da igreja, do que projetei quando derramei lágrimas sobre livros célebres ou conversei, como uma criança inocente, com minha mãe. Ali está minha vida. Vaguei por alguns anos, mas agora vejo mais uma vez minha cidade destinada.

— Você vai usar esse dinheiro na Bolsa de Valores, certo? — observou o visitante. — E lá, se não me engano, já perdeu alguns milhares?

— Ah, mas desta vez eu tenho algo certo.

— Desta vez, novamente, você perderá — respondeu o visitante, com tranquilidade.

— Ah, mas guardarei metade! — gritou Markheim.

— E também vai perder.

O suor começou a se acumular na testa de Markheim.

— Bem, então, o que importa? — questionou ele, exaltado. — Digamos que eu perca e digamos que seja mergulhado novamente na pobreza... será que a pior parte de mim continuará até o fim sobrepondo-se à melhor? O mal e o bem são fortes em mim, atraindo-me para os dois lados. Não amo uma coisa, amo todas. Posso conceber grandes feitos, renúncias, martírios... embora eu tenha caído em um crime como o assassinato, a piedade não é incomum para mim. Tenho pena dos pobres. Quem conhece suas provações melhor do que eu? Tenho pena deles e os ajudo. Valorizo o amor e amo o riso honesto. Não há coisa boa ou verdadeira na Terra que eu não ame de coração. E será que apenas meus vícios devem direcionar minha vida e minhas virtudes permaneceram sem efeito, como uma velharia passiva da mente? Não é assim. O bem também é fonte de atos.

O visitante levantou o dedo.

— Durante os trinta e seis anos em que você esteve neste mundo, em meio a diversas mudanças de sorte e variações de humor, eu o vi cair constantemente. Quinze anos atrás, você teria se assustado com um roubo. Três anos atrás, teria se encolhido diante da palavra assassinato. Existe algum crime, alguma crueldade ou maldade da qual você ainda recue? Daqui a cinco anos eu o pegarei no pulo! Para baixo, para baixo está o seu caminho e nada além da morte poderá detê-lo.

— É verdade — disse Markheim, rouco — que, de certa forma, eu fiz o mal. Mas é assim com todos: até os santos, no mero exercício da vida, tornam-se menos sensíveis e assumem o tom de seu ambiente.

— Vou lhe fazer uma pergunta simples e, à medida em que você responder, lerei seu horóscopo moral. Você se tornou mais relaxado em muitas coisas, e talvez faça até bem em ser assim; é igual com todos os homens. Mas, levando isso em conta, será que em algum aspecto, por mais insignificante que seja, você manteve firme controle sobre suas vontades ou, pelo contrário, se deu rédea solta para tudo que tinha vontade?

— Em algum? — repetiu Markheim, com uma angústia pensativa.

— Não, em nenhum! Eu falhei em todos — acrescentou ele, desesperado.

— Então — continuou o visitante —, contente-se com o que você é, pois nunca mudará e as palavras de seu papel neste palco estão irrevogavelmente escritas.

Markheim permaneceu em silêncio por um longo tempo e foi o visitante quem primeiro quebrou o silêncio.

— Sendo assim, posso lhe mostrar o dinheiro?

— E a graça? — gritou Markheim.

— Você já não a experimentou? — respondeu o outro. — Há dois ou três anos, eu não o vi no palco de reuniões de reabilitação, e sua voz não era a mais alta no hino?

— É verdade — disse Markheim —, e vejo claramente o que me resta como dever. Agradeço-lhe do fundo da alma por essas lições. Meus olhos estão abertos e finalmente me vejo como sou.

Nesse momento, o som agudo da campainha soou pela casa e o visitante, como se fosse um sinal combinado pelo qual ele estava esperando, mudou imediatamente de atitude.

— A empregada! — alertou. — Ela voltou, como eu o avisei, e agora há mais um caminho difícil diante de você. Deve dizer que o patrão dela está doente e deixá-la entrar, com um semblante seguro, mas bastante sério, sem sorrisos, sem exageros, e eu lhe prometo sucesso! Assim que a garota entrar e a porta for fechada, com a mesma destreza que já se livrou do comerciante, se livrará desse último perigo em seu caminho. E então, terá todo o fim de tarde e até a noite inteira, se necessário, para saquear os tesouros da casa e garantir sua segurança. Essa é a ajuda que chega até você com a máscara do perigo. Levante-se! — continuou. — Levante-se, amigo! Sua vida está em jogo: levante-se e aja!

Markheim olhou com firmeza para seu conselheiro.

— Se eu estiver condenado a cometer atos ruins — disse ele —, ainda há uma porta aberta para a liberdade. Posso parar de agir. Se minha vida é uma coisa ruim, posso abandoná-la. Embora eu esteja, como você diz, à mercê de qualquer pequena tentação, ainda posso, com um gesto decisivo, colocar-me fora do alcance de todos. Que meu amor pelo bem está condenado à esterilidade, pode até ser... e que seja! Mas ainda tenho aversão pelo mal. E, para sua decepção, verá que posso extrair energia e coragem disso.

As feições do visitante começaram a passar por uma mudança maravilhosa e encantadora. Elas se iluminaram e se suavizaram com um afetuoso triunfo e, ao mesmo tempo que resplandeciam, se desvaneciam e sumiam. Mas Markheim não parou para observar ou entender a transformação. Ele abriu a porta e desceu as escadas bem devagar, pensando consigo mesmo. Seu passado desdobrou-se solenemente diante dele e ele o viu como era: feio e extenuante como um sonho, aleatório como o acaso — uma cena de derrota. A vida, como ele a analisou, não o tentava mais. Do outro lado, ele percebeu um refúgio tranquilo para seu barco. Parou no corredor e olhou para dentro da loja, onde a vela ainda queimava ao lado do corpo morto. Estava estranhamente silencioso. Pensamentos sobre o comerciante invadiram sua mente, enquanto ele observava. Então, a campainha voltou a soar em um clamor impaciente.

Ele encarou a empregada na soleira da porta com um sorriso.

— É melhor chamar a polícia — disse ele: — Eu matei seu patrão.

FIM.

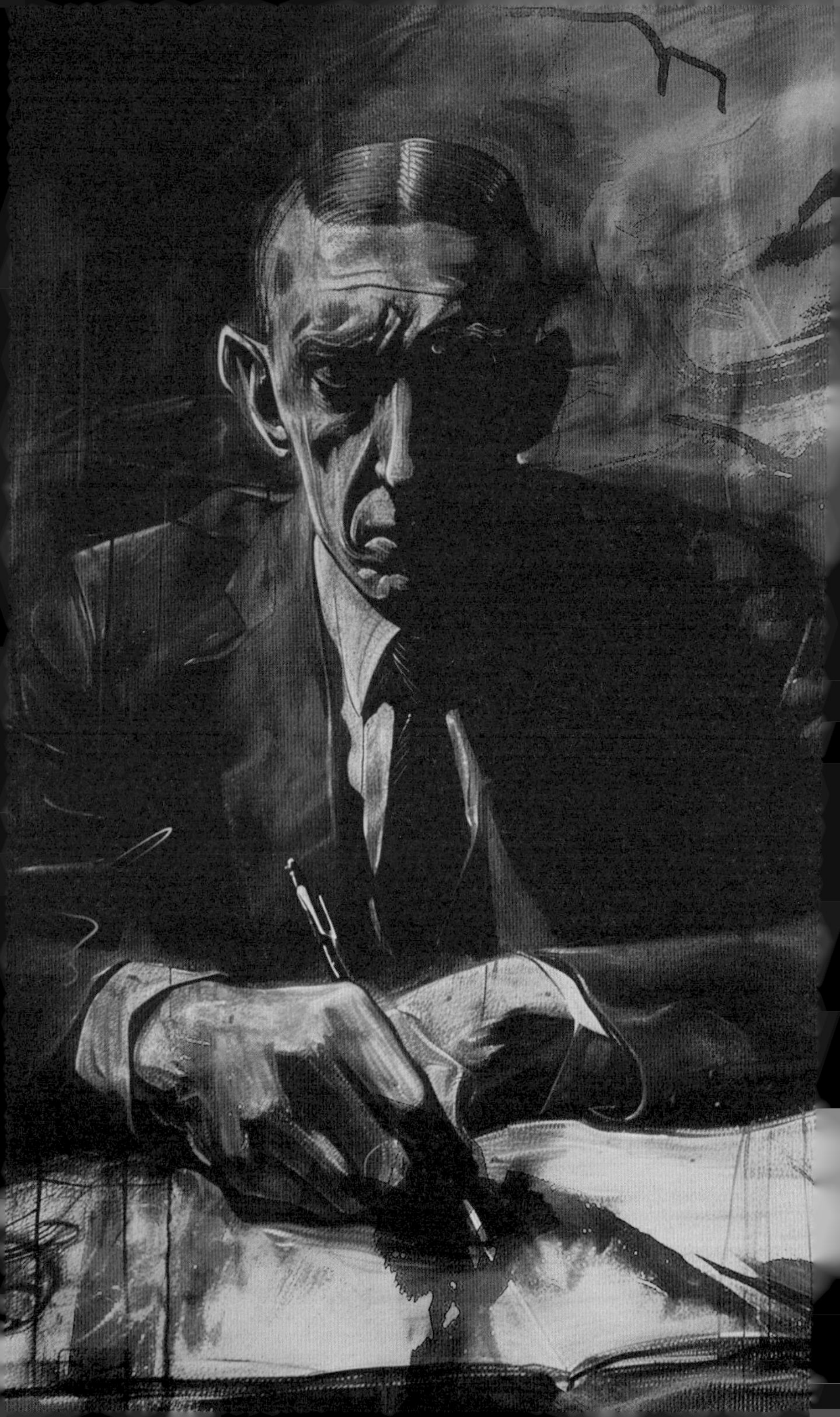

SELEÇÃO DE TRECHOS DO ENSAIO SEMINAL DO ESCRITOR E TEÓRICO DE LITERATURA H. P. LOVECRAFT.[1]

A emoção mais antiga e forte da humanidade é o medo, e o tipo mais antigo e mais forte de medo é o do desconhecido. Poucos psicólogos contestarão esses fatos e sua verdade reconhecida deve estabelecer para sempre a genuinidade e a dignidade do conto estranhamente horrível como forma literária. Contra ele são lançadas todas as flechas de uma sofisticação materialista que se apega a emoções sentidas com frequência e a eventos externos, e de um idealismo ingênuo e insípido que deprecia o motivo estético e exige uma literatura didática para "elevar" o leitor a um grau adequado de otimismo sorridente. Mas, a despeito de toda essa oposição, o conto estranho sobreviveu, desenvolveu-se e atingiu níveis notáveis de perfeição, pois se baseia em um princípio profundo e elementar cujo apelo, se não sempre universal, é necessariamente pungente e imutável para mentes com a sensibilidade adequada.

Em geral, o apelo do macabro espectral é restrito, porque exige do leitor certo grau de imaginação e a capacidade de distanciamento da vida cotidiana. Relativamente poucos estão livres o suficiente do feitiço da rotina diária para reagir a toques externos. Histórias de sentimentos e eventos comuns, ou de distorções sentimentais comuns de tais sentimentos e eventos, sempre ocuparão o primeiro lugar no gosto da maioria

---

1. Original disponível em: https://gutenberg.net.au/ebooks06/0601181.txt. Acesso em: 10 julho 2024. [N. E.]

— talvez com razão, já que, é claro, esses assuntos comuns constituem a maior parte da experiência humana. Mas os sensíveis estão sempre conosco e, às vezes, um estranho traço de fantasia invade um canto obscuro da cabeça mais dura, de modo que nenhuma quantidade de racionalização, reforma ou análise freudiana é capaz de anular completamente a adrenalina do sussurro vindo do canto da chaminé ou do bosque solitário. Aqui está envolvido um padrão ou tradição psicológica tão real e profundamente baseado na experiência mental quanto qualquer outro padrão ou tradição da humanidade; contemporâneo a religiosidade e intimamente relacionado a muitos aspectos dela, e intrínseco demais a nossa mais profunda herança biológica para perder a potência aguçada sobre uma minoria muito importante, embora não numericamente grande, de nossa espécie.

Os primeiros instintos e emoções do homem formaram sua reação ao ambiente em que ele se encontrava. Sentimentos definidos embasados no prazer e na dor cresceram em torno dos fenômenos cujas causas e efeitos ele compreendia; enquanto, em torno daqueles que ele não compreendia — e o universo estava repleto deles nos primórdios —, foram naturalmente tecidas personificações, interpretações maravilhosas e sensações de admiração e medo que seriam percebidas por uma raça com poucas e simples ideias e experiência limitada. O desconhecido, sendo também imprevisível, tornou-se para nossos antepassados primitivos uma fonte terrível e onipotente de bênçãos e calamidades que foram concedidas à humanidade por razões enigmáticas e totalmente extraterrestres, pertencendo assim claramente a esferas da existência das quais nada sabemos e das quais não fazemos parte. O fenômeno do sonho também ajudou a construir a noção de um mundo irreal ou espiritual — e, em geral, todas as condições da vida selvagem primordial conduziram tão fortemente a um sentimento do sobrenatural que não precisamos nos surpreender com a profundidade com que a própria essência hereditária do homem se tornou saturada de religião e superstição. Essa saturação deve, por uma questão de fato científico evidente, ser considerada estável no que diz respeito à mente subconsciente e aos instintos internos — pois, embora a área do desconhecido tenha se contraído constantemente por milhares de anos, um reservatório infinito de mistério ainda envolve a maior parte do cosmo externo, enquanto um vasto resíduo de poderosas associações herdadas se agarra a todos os objetos e processos que antes eram misteriosos, por mais bem explicados que sejam agora. E, mais do que isso, há uma real fixação fisiológica dos antigos instintos em nosso tecido nervoso, o que os tornaria estranhamente funcionais mesmo se a mente consciente fosse expurgada de todas as fontes de abstração.

Como nos lembramos da dor e da ameaça da morte mais vividamente do que do prazer, e como nossos sentimentos em relação aos aspectos benéficos do desconhecido foram, desde o início, capturados e formalizados por rituais religiosos convencionais, coube ao lado mais sombrio e maléfico do mistério cósmico protagonizar em nosso popular folclore sobrenatural. Essa tendência também é naturalmente reforçada pelo fato de que a incerteza e o perigo estão sempre intimamente ligados, tornando qualquer tipo de mundo desconhecido um mundo de perigo e possibilidades malignas. Quando, a esse senso de medo e maldade, se acrescenta o inevitável fascínio da admiração e da curiosidade, nasce um corpo composto de emoção aguçada e provocação imaginativa cuja vitalidade deve, necessariamente, perdurar enquanto durar a própria raça humana. As crianças sempre terão medo do escuro e os homens com mentes sensíveis ao impulso hereditário sempre tremerão ao pensar nos mundos ocultos e insondáveis de vida estranha que podem pulsar nos golfos além das estrelas ou sobrecarregar horrivelmente nosso próprio globo em dimensões profanas que somente os mortos e os enlouquecidos podem vislumbrar.

Com essa base, ninguém precisa se perguntar sobre a existência de uma literatura de medo cósmico. Ela sempre existiu e sempre existirá. E não há evidência melhor de seu vigor tenaz do que o impulso que, de vez em quando, leva escritores de inclinações totalmente opostas a tentar usá-la em contos isolados, como se quisessem expulsar da mente certas formas fantasmagóricas que, de outra forma, os assombrariam. Assim, Dickens escreveu várias narrativas sinistras; Browning, o hediondo poema *Childe Roland à Torre Negra Chegou*; Henry James, *A volta do parafuso*; dr. Holmes, o sutil romance *Elsie Venner*; F. Marion Crawford, *O beliche superior* e vários outros exemplos; a sra. Charlotte Perkins Gilman, assistente social, *O papel de parede amarelo*; enquanto o humorista W. W. Jacobs produziu aquela peça melodramática competente chamada *A pata do macaco*.

Esse tipo de literatura de horror não deve ser confundido com um tipo externamente semelhante, mas psicologicamente muito diferente: a literatura do mero medo físico e do mundanamente horrível. Esse tipo de escrita, com certeza, tem seu lugar, assim como a história de fantasma convencional ou até mesmo caprichosa ou bem-humorada, em que o formalismo ou a piscadela consciente do autor elimina o verdadeiro sentido do antinatural mórbido; mas essas coisas não são a literatura do medo cósmico em seu sentido mais puro. O verdadeiro conto estranho tem algo mais do que um assassinato secreto, ossos ensanguentados ou uma forma coberta por lençóis que faz tilintar correntes de acordo com as regras. Uma certa atmosfera de pavor inexplicável e sem fôlego de forças externas e desconhecidas deve estar presente. E deve haver um indício, expresso com a seriedade e o agouro que caracterizam seu tema, daquela concepção mais terrível do cérebro humano — uma suspensão ou derrota maligna e particular daquelas leis fixas da natureza que são nossa única salvaguarda contra os ataques do caos e os demônios do espaço inexplorado.

Naturalmente, não podemos esperar que todos os contos do bizarro estejam absolutamente de acordo com qualquer modelo teórico. As mentes criativas são irregulares, e os melhores tecidos têm seus pontos fracos. Além disso, grande parte dos melhores trabalhos estranhos é inconsciente, aparecendo em fragmentos memoráveis espalhados por um material cujo efeito conjunto pode ser de uma natureza muito diferente. A atmosfera é a coisa mais importante, pois o critério final de autenticidade não é o encaixe de um enredo, mas a criação de determinada sensação. Podemos dizer, de modo geral, que uma história estranha cuja intenção é ensinar ou produzir um efeito social, ou uma história em que os horrores são finalmente explicados por meios naturais, não é um conto genuíno de medo cósmico — mas continua sendo um fato que tais narrativas muitas vezes trazem, em seções isoladas, toques atmosféricos que preenchem todas as condições da verdadeira literatura de terror sobrenatural. Portanto, devemos julgar um conto do bizarro não pela intenção do autor ou pela mera mecânica do enredo, mas pelo nível emocional que ele atinge em seu ponto menos mundano. Se as sensações adequadas forem excitadas, esse "ponto alto" deve ser reconhecido por seus próprios méritos como literatura estranha, não importando o quão ordinariamente ele decaia depois. O único teste do que é de fato estranho é apenas este: se o leitor sente uma profunda sensação de pavor e de contato com esferas e poderes desconhecidos; uma atitude sutil de escuta atônita, como se estivesse ouvindo o bater de asas negras ou o arranhar de formas e entidades externas na borda mais extrema do universo conhecido. E, é claro, quanto mais completa e unificada uma história transmitir essa atmosfera, melhor ela será como obra de arte em um determinado meio.

[...]

A tradição romântica, semigótica e quase moral aqui representada foi levada até o final do século XIX por autores como Joseph Sheridan LeFanu, Wilkie Collins, o falecido Sir H. Rider Haggard (o qual *Ela, a feiticeira* é realmente muito bom), Sir A. Conan Doyle, H. G. Wells e Robert Louis Stevenson — o último dos quais, apesar de uma tendência atroz a maneirismos jocosos, criou clássicos permanentes em *Markheim, O túmulo vazio* e *O médico e o monstro*. De fato, podemos dizer que esse estilo ainda sobrevive, pois a ele pertencem claramente os contos de terror contemporâneos que se especializam em acontecimentos em vez de detalhes atmosféricos, que se dirigem ao intelecto em vez de criar uma tensão maligna ou verossimilhança psicológica e que assumem uma posição definitiva de simpatia pela humanidade e seu bem-estar.

Isso tem sua força inegável e, por causa de seu "elemento humano", conquista um público mais amplo do que o puro pesadelo artístico. Se não é tão potente quanto o último, é porque um produto diluído nunca pode atingir a intensidade de uma essência concentrada.

[...]

Os melhores contos de terror de hoje, aproveitando a longa evolução do gênero, têm uma naturalidade, um caráter convincente, uma suavidade artística e um apelo intensamente habilidoso que não se comparam a nada do trabalho gótico de um século ou mais atrás. A técnica, o artesanato, a experiência e o conhecimento psicológico avançaram tremendamente com o passar dos anos, de modo que grande parte do trabalho mais antigo parece ingênuo e artificial; redimido, quando muito, apenas por um gênio que supera limitações pesadas. O tom de romance alegre e floreado, cheio de falsa motivação e que investe cada evento concebível com um significado forçado e um glamour descuidadamente inclusivo, está agora confinado a fases mais leves e caprichosas da escrita sobrenatural. As histórias sérias do bizarro ou se tornam realisticamente intensas pela consistência da dose e pela perfeita fidelidade à natureza, exceto na única direção sobrenatural que o autor se permite; ou então são completamente jogadas no reino da fantasia, com uma atmosfera habilmente adaptada à visualização de um mundo delicadamente exótico de irrealidade além do espaço e do tempo, no qual quase tudo pode acontecer, desde que aconteça de acordo com certos tipos de imaginação e ilusão comuns ao sensível cérebro humano. Essa é, pelo menos, a tendência dominante, embora, é claro, muitos dos grandes escritores contemporâneos escorreguem ocasionalmente em algumas das posturas chamativas do romantismo imaturo ou em partes do jargão igualmente vazio e absurdo do "ocultismo" pseudocientífico, agora em uma de suas periódicas marés altas.

[...]

Para aqueles que gostam de especular sobre o futuro, a história do horror sobrenatural oferece um campo interessante. Combatido por uma onda crescente de realismo insensato, irreverência cínica e desilusão, atrairá desilusões sofisticadas, ele ainda é encorajado por uma maré paralela de misticismo crescente, desenvolvida tanto pelo fatigante conservadorismo dos "ocultistas" e fundamentalistas religiosos contra as descobertas materialistas quanto pelo estímulo à admiração e à fantasia por meio de visões ampliadas e barreiras quebradas que a ciência moderna nos proporcionou com sua química intra-atômica, astrofísica avançada, doutrinas da relatividade e pesquisas na biologia e no pensamento humano. No presente momento, as forças favoráveis parecem ter certa vantagem, já que há indiscutivelmente mais cordialidade demonstrada em relação a escritos estranhos do que quando, há trinta anos, o melhor do trabalho de Arthur Machen caiu no solo pedregoso dos espertos e convencidos anos 1890. Ambrose Bierce, quase desconhecido em sua própria época, agora alcançou algo como o reconhecimento geral.

Entretanto, não se deve esperar mudanças surpreendentes em nenhuma das duas direções. Em qualquer caso, um equilíbrio aproximado de tendências continuará a existir e, embora possamos esperar, com razão, uma sutilização adicional da técnica, não temos motivos para pensar que a posição geral do espectro na literatura será alterada. É um ramo estreito, embora essencial, da expressão humana e, como sempre, atrairá principalmente um público limitado com sensibilidades específicas aguçadas. Qualquer que seja a obra-prima universal de amanhã que possa ser criada a partir do fantasma ou do terror, sua aceitação se deve mais a um trabalho supremo do que a um tema simpático. No entanto, quem declarará que o tema sombrio é uma limitação certa? A Taça dos Ptolomeus, com sua radiante beleza, foi esculpida em ônix.

Esta obra foi composta por Maquinaria Editorial nas famílias tipográficas Stix Two Text e Letter Gothic Std. Impresso pela gráfica Plena Print em maio de 2025.